LA CRÉATION DU MAESTRO

LA CRÉATION DU MAESTRO

RHONDA LEIGH JONES

Traduit de l'anglais par
Joanna Gruda

ADA éditions

Éditeur : François Doucet
Traduction : Joanna Gruda
Révision linguistique : Frédéric Barriault
Révision : Nancy Coulombe, Carine Paradis
Conception de la couverture : Matthieu Fortin
Illustration de la couverture : ©Thinkstock
Mise en pages : Matthieu Fortin
ISBN Papier : 978-2-89667-471-8
ISBN Numérique : 978-2-89683-210-1
Première impression : 2011
Dépôt légal : 2011
Bibliothèque et Archives nationales du Québec
Bibliothèque Nationale du Canada

Éditions AdA Inc.
1385, boul. Lionel-Boulet
Varennes, Québec, Canada, J3X 1P7
Téléphone : 450-929-0296
Télécopieur : 450-929-0220
www.ada-inc.com
info@ada-inc.com

Diffusion

Canada :	Éditions AdA Inc.
France :	D.G. Diffusion Z.I. des Bogues 31750 Escalquens – France Téléphone : 05.61.00.09.99
Suisse :	Transat – 23.42.77.40
Belgique :	D.G. Diffusion – 05.61.00.09.99

Imprimé au Canada

Participation de la SODEC.
Nous reconnaissons l'aide financière du gouvernement du Canada par l'entremise du Programme d'aide au développement de l'industrie de l'édition (PADIÉ) pour nos activités d'édition.
Gouvernement du Québec – Programme de crédit d'impôt pour l'édition de livres – Gestion SODEC.

CHAPITRE UN

J'étais déjà une vampiresse lorsque j'ai rencontré Claudio du Fresne — mon amour, mon sauveur, mon persécuteur. Il était alors prisonnier dans la cale d'un navire de pirates dont le capitaine était Gunnar, un albinos si vieux qu'il en avait lui-même perdu le compte de ses siècles de vie. Gunnar est celui qui m'avait transformée en vampiresse, près d'un an plus tôt. C'était l'homme le plus cruel que j'aie jamais connu.

C'était au mois d'août 1788.

Mon travail consistait à donner à manger et à boire aux prisonniers, de même qu'à changer leurs pots de chambre. Gunnar considérait qu'une fille devait prendre soin de quelque chose. De plus, contrairement aux hommes de Gunnar, il était moins risqué pour moi, en tant que vampiresse, de rencontrer les prisonniers. Plusieurs de ses hommes étaient des jeunes un peu fous, trop stupides pour se défendre devant les hommes désespérés qui devaient bientôt servir de nourriture aux vampires.

Le soir où j'ai rencontré Claudio — qu'on appelait alors le comte Louis Claude-Michel de Paris —, Gunnar et le Cockney étaient venus avec moi pour rencontrer les nouveaux prisonniers. C'était le rituel de Gunnar. Généralement, le Cockney était en charge de ramener de nouveaux prisonniers. Il aimait faire étalage de ses prises : ce jour-là, il avait avec lui un violon, qu'il avait volé à Claude-Michel.

Gunnar prenait plaisir à aviver la peur des nouveaux arrivants.

— Que Dieu nous vienne en aide, chuchota quelqu'un, après que le Cockney eut ouvert la porte.

Les prisonniers reculèrent pour s'éloigner de la lumière de sa lanterne.

— Mon ami Anglais, si je n'étais pas enchaîné, je vous arracherais le cœur, dit Claude-Michel.

Le Cockney avait dirigé le groupe qui avait capturé Claude-Michel, son ami François Villaforte et son jeune domestique, Jean. Il sourit avec mépris, cracha sur le sol et pointa le violon en direction de Claude-Michel.

— Paroles courageuses de la part d'un homme qui sait qu'il n'aura jamais cette chance.

— Détachez-moi et vous verrez bien.

Il me fallut contourner Gunnar pour voir le prisonnier. Dès que j'ai entendu son accent français — étant moi-même Française —, j'ai regardé Claude-Michel. Il était dépenaillé, mais noble, malgré ses chaînes. Son port de tête était si altier que je n'eus d'autre choix que de l'admirer. Il a tenté de me sourire et mon cœur s'est brisé.

Claude-Michel était sans contredit le plus bel homme qu'il m'ait jamais été donné de voir. Il avait 43 ans, mais le temps l'avait à peine atteint. Ses yeux noirs étaient espiègles et ses lèvres pleines et bien dessinées étaient assortis d'une mâchoire carrée et d'un grand nez. Ses cheveux tombaient sur ses épaules et leurs pointes étaient presque bouclées. Sa chemise, ample et déchirée, révélait les poils de sa poitrine. Déjà à l'époque, j'aurais voulu en voir plus.

J'étais alors une jeune femme de 18 ans. Bien que j'étais plus vieille que bon nombre des garçons qui se trouvaient sur le navire, j'étais néanmoins assez jeune pour rêver qu'on vienne me sauver de ma malheureuse situation. Beaucoup d'hommes me parlaient de la beauté de mes longs cheveux foncés et de mes grands yeux, mais ce soir-là, je ne me sentais pas belle. Dans l'après-midi, Gunnar s'était fâché et m'avait ouvert la lèvre en me frappant. Ma blessure avait déjà commencé à guérir, mais elle demeurait visible, même dans la faible lumière.

Claude-Michel ne semblait pas l'avoir remarquée.

— Fut une époque, Mademoiselle[1], où je vous aurais fait la révérence…

Gunnar regarda Claude-Michel en plissant ses yeux pâles et sourit.

— Celui-ci est beaucoup mieux que les autres, Johnny, fit-il en direction du Cockney. Je commencerai peut-être par lui.

1. N.d.T. : En français dans le texte original.

Le Cockney éclata d'un rire gras et écœurant. C'était un homme décharné et filiforme, brûlé par le soleil, avec des cheveux sans corps et si gras qu'ils paraissaient bruns plutôt que blonds. Presque toutes ses dents étaient pourries. Plus encore que les autres, il dégageait une odeur de décomposition, de mortalité.

— Je vous avais dit qu'on trouverait quelque chose de bon, mon capitaine.

Le Cockney était à la tête de la bande qui avait tué ma famille et qui m'avait capturée pour me remettre à Gunnar. Je me promettais depuis longtemps de le tuer, dès qu'une occasion se présenterait.

— Vous allez vous retrouver dans une situation que vous n'aviez pas prévue, dit Claude-Michel, entourant les chaînes de ses mains et tirant de toutes ses forces. Détachez-moi. Avez-vous la moindre idée de qui je suis ?

Gunnar prit la lanterne des mains du Cockney et s'approcha lentement de Claude-Michel. Il l'étudia avec l'intensité imperturbable d'une montagne. Gunnar était un homme si grand qu'il surpassait tous les autres d'au moins une tête. Il portait une veste de fourrure brune qui laissait voir ses bras musclés. Ses cheveux, une grosse tignasse blanche, tombaient à la hauteur de sa poitrine, mais étaient coupés courts sur le sommet de la tête. Sa peau était aussi blanche que la longue boucle d'oreille en os qui pendait à son oreille droite.

Claude-Michel ouvrit grand les yeux.

— Albinos, siffla-t-il.

— Non, répondit Gunnar, sur un ton de conversation, puis il se releva. Je ne sais pas qui tu es. Toutefois, il est intéressant de constater que, quand on vit aussi longtemps que moi, on ne se préoccupe plus des conventions sociales. On en a rien à faire du rôle que les gens prétendent jouer, car le masque pourrit dès qu'ils meurent.

Gunnar hocha la tête lentement, plissa les yeux et baissa la voix.

— Oh, bien sûr, leurs descendants peuvent entretenir les apparences un certain temps. Les miens l'ont fait. Mais au bout du compte, il ne reste que des cendres et des histoires inventées pour permettre aux vivants de mieux supporter leur propre danse avec la mort.

Gunnar se tourna vers moi, faisant dos aux prisonniers, et me caressa la poitrine. Je frissonnai. Il me sourit tout en continuant à parler avec Claude-Michel.

— Dis-moi quel rôle tu as joué dans la vie, que je sache quoi raconter après ta mort.

— Je suis le comte Louis Claude-Michel du Fresne, un noble de la cour de Versailles, et propriétaire de la compagnie maritime Du Fresne. Vous connaissez peut-être mes vaisseaux.

Gunnar parut réfléchir pendant un temps, puis il secoua la tête.

— Non, ça ne me dit rien. Par contre, un comte, dit-il en se retournant vers Claude-Michel, ça, c'est tout un prix. Comme ça, je devrais bien manger pendant un certain temps. Il est si difficile de trouver un bon repas en mer de nos jours.

Claude-Michel se plaqua contre le mur et examina Gunnar avec méfiance.

— Qu'êtes-vous donc ? Un cannibale ?

Gunnar cligna des yeux et bougea la mâchoire de côté en souriant.

— Avant de te retrouver au pays d'où personne n'est jamais revenu, pourquoi ne pas nous offrir un petit divertissement ?

Il se retourna vers le Cockney.

— Redonne-lui son violon.

Avec un sourire ridicule, le Cockney marcha nonchalamment en tenant le violon dans sa main. Claude-Michel bondit vers lui et l'attrapa par la gorge.

— Imbécile, marmonna Gunnar.

Il avança vers les deux hommes pour libérer le Cockney de l'emprise de Claude-Michel, puis lui arracha le violon et l'archet des mains. Il les donna à Claude-Michel d'un geste brusque. Les deux hommes se regardèrent droit dans les yeux pendant que Claude-Michel saisissait l'instrument. Il avait la bouche fermée et respirait bruyamment par les narines.

— Tu vas nous faire l'honneur d'en jouer.

— Faites-le, je vous en prie, Monsieur[2].

J'étais moi-même surprise d'avoir parlé ainsi.

Claude-Michel me regarda, comme s'il avait oublié ma présence, puis revint à Gunnar.

— Pour la dame, bien sûr, fit Claude-Michel avant de commencer à jouer une mélodie lancinante que je n'avais jamais entendue.

Ses chaînes s'entrechoquaient pendant qu'il jouait. Il lança à Gunnar un regard meurtrier, puis détacha ses yeux de lui pour les tourner vers moi.

Je me suis sentie emportée. Pendant quelques instants, j'ai oublié que j'étais sur ce navire, et pour cela, je l'ai aimé. S'il m'avait alors déclarée sienne, je n'aurais pas résisté.

---

2. N.d.T. : En français dans le texte original.

Quand il eut fini de jouer, il écarta le violon de son menton et resta sur place à se balancer. Il était encore faible à cause du poison qu'on avait utilisé pour le maîtriser. Ses mains tremblaient. Il fit une révérence.

— Comment vous appelez-vous, Mademoiselle?

Je jetai un coup d'œil à Gunnar avant de lui répondre. Je ne savais pas si j'arriverais à parler et je ressentais une immense tristesse à l'idée que cet homme allait être anéanti.

— Chloé, répondis-je.

— Chloé... C'est très beau.

Gunnar se plaça devant moi.

— Et moi, je suis Gunnar. Vous êtes impressionnant, pour un amateur. Un air gitan. Pourquoi ne pas jouer quelque chose de plus moderne? demanda-t-il en tendant le bras en direction du violon.

Claude-Michel parut surpris. Gunnar hocha la tête. Je remarquai une étincelle de curiosité dans l'œil sombre de Claude-Michel, juste avant qu'il ne reprenne son violon.

Entre les mains de Gunnar, la mélodie gitane devint vivante, elle se tortillait dans la pièce comme une créature à peine éveillée dansant avec une sinistre précision. Je ne l'avais jamais entendu jouer.

— Et votre Autrichien, comment se porte-t-il? demanda Gunnar en laissant la mélodie se transformer en *Claire de Lune*.

Il mit abruptement fin à cet air, en faisant grincer le violon.

— Nommez-moi n'importe quel air, je vous le jouerai. Fredonnez quelque chose et je m'en souviendrai encore dans mille ans.

— Vous êtes fou, chuchota Claude-Michel.

— En fait, j'ai plutôt faim.

Gunnar se déplaça vers le coin sombre de la pièce, où commençait la file de prisonniers. Ceux qui se trouvaient à l'extrémité se mirent à pleurnicher et se plaquèrent contre le mur comme s'ils étaient en proie à des visions de démons.

— Monsieur[3], fit Jean, le domestique, plaqué contre le mur, les yeux écarquillés de terreur.

Gunnar se retourna vers lui.

— Eh bien, il parle, fit Gunnar d'une voix glissante comme un serpent. Et il est si mignon.

Il fixa le garçon jusqu'à ce que celui-ci baisse la tête. Gunnar eut un petit rire silencieux et se mit à parler à Claude-Michel tout en continuant sa lente déambulation le long de la rangée d'hommes.

— Vous trois, vous ne risquez rien pour l'instant. Le poison qui coule dans vos veines a un goût horrible. Il se peut que j'attende jusqu'à un mois avant de commencer à vous drainer, goutte à goutte. Jusqu'à ce que vous ne soyez plus que l'ombre de vous-même.

Il s'arrêta et regarda un homme qui se trouvait dans le coin le plus éloigné de la pièce.

— C'est votre tour, mon Père.

L'homme secoua la tête.

— Non, je vous en supplie. Non.

— Mais quel genre d'homme êtes-vous? demanda Claude-Michel.

— Oui, chuchota Gunnar en regardant le prisonnier. Moi aussi, j'ai déjà été prêtre, à la manière de mon peuple.

Il se retourna vers Claude-Michel avant de continuer.

3. N.d.T. : En français dans le texte original.

— Et un grand guerrier. Mais cela, c'était il y a une éternité. Depuis ce temps, j'ai été plusieurs choses : un prisonnier, un monstre, un cultivateur d'âmes.

Il sourit.

— Un dieu. En ce moment, toutefois, je suis capitaine de ce navire.

Il se retourna vers l'homme qui ne savait plus où se mettre.

— Que diriez-vous d'une petite communion, mon Père ?

Les yeux de l'homme s'écarquillèrent.

— Je vous en prie…

Gunnar regarda le violon et l'archet qu'il avait dans ses mains.

— Vous ne le regretterez pas vraiment. Il paraît que les gens n'en ont que pour les Stradivarius maintenant.

Il écrabouilla l'instrument et l'archet de ses mains comme s'il s'agissait d'un morceau de papier et en laissa tomber les pièces sur le sol. J'étais bouche bée. Je pouvais voir l'écœurement envahir le visage de Claude-Michel pendant qu'il le regardait faire. Le moment de paix n'avait été qu'une illusion. Tout ce qui était vrai, c'était cette cale, ce navire, cette puanteur.

— Gunnar ! ai-je crié. Comment avez-vous pu faire ça ?

Il me regarda, les yeux plissés.

— Un mot de plus et je te laisse dans le premier village sur notre route. Nous verrons alors si les vieilles légendes sont vraies, celles qui racontent qu'on enfonce un pieu dans le cœur de gens comme toi.

Sa menace me glaça le sang.

Claude-Michel fit un effort pour se relever, et appuya son corps couvert de sueur contre le mur. Le regard de Jean passait de Claude-Michel, à moi, à Gunnar.

— Ne sois pas si surpris, fit Gunnar. Je n'ai pas besoin de violoniste amateur.

Ignorant la mine renfrognée de Claude-Michel, il se retourna vers le prisonnier terrifié. Gunnar enleva la fine lanière de cuir qu'il portait autour du cou.

— Et maintenant, mon Père, ne bougez plus.

Il défit les chaînes du prêtre et le força à se relever. Puis il désigna Claude-Michel d'un geste de la tête.

— Cet homme pense que je suis un monstre.

— Je vous en prie, je vous en supplie, fit le prêtre, puis il se mit à marmonner des paroles en latin.

— La plupart des gens qui se trouvent entre mes mains se mettent à prier comme si le salut de leur âme en dépendait. On pourrait donc dire que je rends un grand service à l'homme. Ou à Dieu, en Lui offrant des âmes propres, fraîchement confessées. Évidemment, cela ne se produit pas d'un seul coup. En fait, cela pourrait même ne pas se produire du tout. Certains choisissent de garder leurs repas comme esclaves. Toutefois, moi, je me lasse si vite. J'ai toujours préféré tuer. Pourquoi cesserais-je de le faire maintenant ?

Il regarda Claude-Michel.

— Tu n'as aucune idée de quoi je parle, n'est-ce pas ?

— Les élucubrations d'un fou, fit Claude-Michel d'un ton hargneux.

Le rire de Gunnar, un mugissement à gorge déployée, laissa paraître ses énormes canines. Claude-Michel fronça les sourcils. Gunnar secoua la tête lentement.

— Eh non, mon ami, ce n'est pas une hallucination, dit-il en montrant ses canines. Je suis effectivement un vampire. Et bientôt, tu connaîtras aussi ce que c'est que de se faire dévorer. Quelle délicieuse ironie poétique. Je suis sûr que tu as dévoré des gens à ta manière pendant tant d'années.

Claude-Michel chancela, comme s'il venait de faire une terrible découverte. Ses jambes cédèrent sous lui. Il glissa sur le plancher, soutenu par le mur.

Gunnar sourit et se détourna de lui. Il posa ses mains dans les cheveux gras du prêtre et le força à pencher sa tête de côté. Claude-Michel observa Gunnar lécher le cou du jeune homme, puis fixer sa bouche sur la chair. Gunnar tint le prêtre immobile pendant qu'il criait et luttait, jusqu'à ce qu'il se calme. Je savais que la respiration du jeune homme allait ralentir et prendre le rythme de celle, profonde et avide, de Gunnar. Les frêles doigts du prêtre étaient accrochés à son persécuteur.

Claude-Michel fit un signe de croix.

Gunnar leva la tête, tenant le prêtre contre lui. Les yeux du jeune homme étaient ouverts, et clignaient de temps en temps, mais ils ne semblaient pas voir.

— Pas mal, fit Gunnar. Mais il faudrait mieux les nourrir. Leur goût serait meilleur.

— C'était un homme de Dieu, chuchota Claude-Michel.

— C'était ? répondit Gunnar. Il l'est toujours. Pour un certain temps encore. Et bientôt, il aura sa rétribution.

— Mais qu'êtes-vous au juste ? demanda Jean.

Gunnar repoussa le prêtre hagard vers le Cockney, qui faillit le laisser tomber. Les yeux éteints du prêtre tentèrent de suivre Gunnar qui marchait avec nonchalance vers Jean. Claude-Michel se raidit.

— Ce que je suis ?

Gunnar soulignait ses paroles avec des gestes de la main. Ses mouvements n'étaient pas aussi délicats que ceux de Claude-Michel, mais ils étaient gracieux.

— Je vis du sang des autres, mon cher jeune homme. La seule vue de la viande, que j'arrachais crue, autrefois, des os de mes ennemis avec mes dents, me donne aujourd'hui la nausée. Je dois percer la chair vivante et me nourrir du délicat nectar qui se trouve dessous. Je suis un *vampire*. Tu verras.

Il chuchotait presque et souriait.

— Monstre, siffla Claude-Michel.

— Sans doute. Mais qu'est-ce que ça fait ? Je vis, et je continuerai de vivre. Je ne pense pas que l'on puisse dire la même chose d'aucun d'entre vous. Viens, Chloé.

Se retournant vers le Cockney, il dit :

— Emmène-le.

Le son de mon nom me fit sursauter. Je regardai Claude-Michel avant de me retourner pour suivre Gunnar. *Je le sauverai,* pensais-je. *Je ne sais pas comment, mais je le sauverai.*

CHAPITRE DEUX

J'étais entourée d'hommes mais j'étais sans crainte. Je m'habillais comme un garçon, avec des pantalons et une chemise ample. Je nouais mes cheveux avec une fine lanière de cuir qui servait autrefois à attacher des documents ayant appartenu à l'un des malheureux repas de Gunnar. Ceux qui lui servaient de nourriture étaient pour la plupart des hommes qui avaient été pris par surprise, trouvés ivres dans des allées ou des bars, ou encore des hommes qui cherchaient à refaire leur vie. Ces derniers étaient des jeunes prêts à tout et pensaient qu'en partant en mer, ils s'éviteraient la famine. Ils cherchaient l'aventure et n'avaient rien ni personne qui les attendaient. Ils voulaient seulement faire partie de quelque chose. Ceux dont Gunnar n'était pas satisfait se trouvaient enchaînés dans la cale, dans l'attente d'une mort sale et dégoûtante.

Mon ventre se serrait à la pensée de la proximité d'une telle quantité de sang. Cela faisait plusieurs jours que je ne m'étais pas nourrie, et je commençais à ressentir les premières crampes d'estomac dues à la faim. Elles allaient s'accroître rapidement. J'étais contrariée que mon corps me force à rentrer alors que la nuit était si belle. Même après près d'un an, je m'étonnais encore de tout ce que je pouvais percevoir dans ce que j'appelais autrefois les ténèbres. Mes yeux avaient appris à saisir la plus petite lueur, qui me révélait tous les secrets et toutes les merveilles que les humains ne voient jamais — la petite souris recroquevillée dans un coin, les choses qui nageaient sous la surface de l'eau, le plus petit tic sur un visage humain.

Les ombres n'avaient aucun pouvoir sur moi, pas plus que la noirceur ou les chuchotements fielleux que des hommes lâches lançaient la mâchoire serrée.

J'étais passée devant plusieurs d'entre eux après avoir quitté la cabine de Gunnar. Certains affichaient un sourire méprisant, et ce, même quand leur instinct, enfoui depuis longtemps, remontait à la surface et les implorait de s'enfuir ; d'autres baissaient les yeux et prétendaient ne pas me voir. Ils étaient tous effrayés.

Je me demandais pourquoi ils m'avaient déjà parus menaçants. Il est vrai qu'ils avaient le visage buriné et des airs de brutes, mais ils étaient très jeunes. Des garçons assoiffés de sang, aux membres noueux, le visage ravagé présentant des dents brunes, noires ou absentes, et une haleine fétide. La puanteur était toujours présente, cette mortalité empoisonnée qui montait dans les corps qui avaient commencé à se décomposer dès le jour de leur naissance. Pour ma part, l'immortalité coulait dans mes veines. J'étais parfaitement consciente de la lente déchéance de la chair humaine, ce qui me donnait un immense sentiment de supériorité.

Il y a environ dix mois de cela, le Cockney, avec ses cheveux mous et blonds, m'avait poursuivie dans les bois. Il était maintenant assis sur un tonneau renversé près du bastingage, à mon endroit favori. Il fumait. La colère monta le long de ma colonne vertébrale. Ma peur de Gunnar était la seule chose qui m'empêchait de lui trancher la gorge, et il le savait.

Je ralentis, posai un pied sur le pont, attendis que le bruit de mon pas résonne avant de poser l'autre pied. Le Cockney ne tenait plus en place. Il tira une longue bouffée de sa pipe et tourna ses petits yeux fades vers moi. Il avait l'allure d'un pauvre chien sauvage. De plus, ma transformation m'avait fait grandir de plusieurs centimètres et j'étais plus grande que lorsque Gunnar m'avait fait monter à bord pour la première fois, il y avait environ trois saisons de cela.

Mes yeux se plissèrent. Je me demandais si, un jour, mes mains n'allaient pas décider de le tuer de leur propre chef.

Le Cockney détourna le regard, comme si ma pensée s'était rendue jusqu'à lui. Tous les détails de son visage — de la barbe de plusieurs jours qui ornait sa mâchoire jusqu'à la morsure d'insecte infectée sur le côté de son cou —, je les voyais aussi clairement qu'en plein jour. Je gardai les yeux sur lui pendant que je m'approchais du bastingage. Sa peau exhalait une odeur de peur aussi forte que celle de la chair non lavée, et cela me fit sourire.

Quand ses mains se mirent à trembler, il se leva et se força à ne pas me quitter des yeux pendant qu'il passait près de moi, avant de se retirer en bas. Je ne sais pas s'il se rendit compte que je l'entendis murmurer « salope » quand il se considéra hors de ma portée. Il savait que je pouvais lui casser le cou assez facilement, et c'était tout ce qui importait.

Je m'appuyai sur le bastingage et tentai de ne plus penser à lui, préférant m'intéresser à l'eau tout en bas qui me livrait des secrets, me laissant voir les requins qui suivaient le navire dans la sombre humidité, le banc de poissons qui filait innocemment dans leur sillage, tenant joyeusement compagnie aux prédateurs. Je détournai mon regard vers l'étendue de petites vagues et d'ondulations qui me séparaient de l'horizon. *Si je pouvais voir l'éternité,* avais-je pensé, *cela ressemblerait à cet océan, glauque et infini.*

Je me mis à penser à l'homme dans la cabine de Gunnar, qui pleurnichait pour avoir la vie sauve. Ses veines étaient un enchevêtrement de fins filaments, son sang, un fruit mûr prêt à éclater. Je ne ressentais aucune culpabilité à l'idée de désirer sa gorge, maintenant que je savais que les gens ne mouraient pas après que je me fus nourrie d'eux. Gunnar les tuait pour son plaisir. Il me l'avait expliqué la première fois qu'il m'avait fait monter à bord. J'avais cru qu'il voulait me faire peur, mais je me sentais déjà mal en point à cause de la morsure. Cela m'avait fait terriblement mal, mon corps se dévorait de l'intérieur. Quand il s'est reconstruit, j'ai voulu mourir. Puis la faim est venue et plus rien d'autre ne m'importait. Une nouvelle force coulait dans mes veines, j'avais vécu une renaissance.

Je savais maintenant qu'une partie de ma force venait de la haine que je ressentais pour les hommes qui avaient assassiné mon mari et mes enfants. J'éprouvais un immense plaisir à les voir s'éloigner furtivement à mon approche, à entendre leurs cœurs palpiter comme de petits lapins en ma présence.

Et à rêver que je coupais la tête de Gunnar et l'offrait aux requins.

Quand j'arrivai dans la chambre du capitaine, où je vivais avec lui, Gunnar était installé dans son lit et lisait un livre qui se défaisait et dont les pages n'étaient plus retenues. Il fallait utiliser une vieille lanière de cuir, comme celle dont je me servais pour attacher mes cheveux, pour les retenir. C'était un livre que j'avais vu plusieurs fois, et je trouvais que les lettres dorées sur la couverture étaient très belles, mais je ne pouvais lire ce qui y était écrit.

Il y avait beaucoup de livres dans la chambre de Gunnar. Certains étaient rangés dans un placard, d'autres empilés sur le sol ou encore éparpillés un peu partout. Malgré cela, Gunnar savait toujours où se trouvait chaque livre. C'était un berger des mots perdus. Pour moi, ses livres étaient des objets mystérieux, interdits.

— Quel est ce livre ?

J'avais posé la question en prenant bien soin d'éviter l'être malingre et terrorisé qui tentait de disparaître dans le coin de la pièce, ses chevilles et ses poignets à vif à cause des menottes en métal. Les yeux terrifiés du prêtre suivaient chacun de mes mouvements.

— *Le Paradis perdu*, répondit Gunnar sans lever les yeux.

— Oh ! Et de quoi est-ce que ça parle ?

Il tourna une page.

— De démons qui, avant, étaient des anges, mais qui ont été jetés aux enfers par un dieu vengeur, et qui, un peu comme

Héphaïstos, chutent pour l'éternité dans les ruines de la Terre, infirmes et méprisés.

Soudainement, il tourna son regard blanc vers moi.

— Comme nous.

Cette dernière parole me coupa le souffle, mais je parvins rapidement à m'en remettre.

— Je n'ai jamais été un ange, Monsieur[4]. Mais je ne suis pas comme vous.

Gunnar déplaça sa mâchoire de côté, comme il le faisait toujours quand il se demandait ce qu'il allait faire de moi. Il mit son livre de côté et se leva. Je crois avoir ressenti, plutôt qu'entendu, les mouvements de l'homme dans le coin de la pièce. Mes crocs s'allongèrent comme des griffes de chat. Je passai ma langue sur eux, grimaçant quand elle vint en contact avec les pointes.

Les crocs des vampires s'allongent pour trois raisons : la faim, le désir sexuel et la peur. Honteuse à l'idée que mon corps démontre un signe aussi évident de frayeur, je fermai la bouche et me forçai à me concentrer sur la pièce d'homme qui se tenait debout, trop près de moi, et qui dégageait une odeur poussiéreuse de vieille ruine. La voix de Gunnar me parut monstrueuse et opaque comme l'océan, qui berçait des créatures répugnantes et anciennes.

— Tu n'es pas comme moi ?

Mon cœur se mit à battre plus fort, mais je ne le laissai pas paraître. Je me concentrai sur la tignasse de cheveux blancs qui tombaient un peu n'importe comment sur son immense poitrine et sur le petit os blanc qui pendait à son oreille. Je n'ai jamais eu le courage de lui demander à qui il avait appartenu.

---

4. N.d.T. : En français dans le texte original.

— Qu'as-tu mangé à ton dernier repas ? Ou devrais-je plutôt dire « qui » ?

Sans le vouloir, mon regard suivit le sien, pour s'arrêter sur le prêtre. Il avait expliqué, par des phrases brisées et remplies de peur, qu'il était en route pour aller aider de pauvres gens quand il avait été capturé. « Peut-être que Dieu voudra avoir pitié de nos âmes », avait-il dit ce jour-là. Or, il était désespéré. Je savais que la plupart des gens ne croyaient pas que nous ayons une âme et pensaient que nous étions condamnés à l'enfer du seul fait de notre condition.

C'était un homme jeune, qui en était à sa première mission seul. Il avait l'impression d'être trop jeune pour mourir. Il s'était trop éloigné de l'attelage quand il avait eu besoin de se soulager dans les bois. C'était Gunnar lui-même qui se trouvait là, et il l'avait pris rapidement, sans un bruit. Maintenant, le prêtre se trouvait recroquevillé dans un coin, nu. Ses côtes bougeaient trop vite au rythme de sa respiration haletante. Ses lèvres tremblaient encore.

— Je vous en prie, chuchota-t-il, de façon à peine audible même pour une oreille de vampire.

— Silence, fit Gunnar, ou je te trancherai la gorge dès ce soir.

Le prêtre joignit les mains et se mit à prier.

Gunnar me fit un petit sourire en coin.

— Je ne l'ai pas touché, à part pour l'emmener jusqu'ici. Je l'ai pris pour toi, ma chère petite laitière française.

— Cela ne veut rien dire, ai-je répondu calmement. Je ne suis pas une…

Je n'arrivais pas à le dire, car j'avais peur d'être en train de devenir comme lui. Je fermai la bouche et me mordis la lèvre inférieure, comme je le faisais depuis que j'étais toute petite. Sauf que, cette fois, les pointes de mes dents me firent saigner. Le goût du sang me fit penser au goût des sous noirs.

— Une quoi ? Tu n'es pas une quoi ?

— Une meurtrière.

Il éclata d'un rire profond. Il s'approcha de moi, s'approcha encore, mais je crispai mes orteils dans mes bottes et ne bougeai pas. Sa voix siffla.

— Pas une meurtrière ? Bien sûr, que tu en es une, à tout le moins aux yeux du monde. C'est tout ce qui compte. La perception est la vérité, Chloé. Si on t'attrape, on voudra te pendre avec nous tous, pour piraterie en haute mer. Sais-tu ce qui arrivera alors ? Quand ils découvriront qu'ils ne peuvent te tuer par pendaison, ils inventeront des centaines de tortures pour prouver que tu es une sorcière. Il vaudrait mieux leur dire dès le départ que tu es une vampiresse.

— Je leur dirai que vous m'avez forcée.

— Cela ne changera rien. Ne comprends-tu pas ? Le cœur humain n'a aucune compassion pour ce qu'il ne comprend pas. Je suis tout ce que tu as. Ton unique protecteur.

Il me regarda avec un sourire méprisant, et prit une boucle de mes cheveux entre ses doigts.

— Même avec toute la nouvelle force que tu possèdes, tu restes toujours une fille. Une petite fille terrifiée qui ne peut prendre soin d'elle-même.

Il plissa les yeux et baissa la voix jusqu'à ce que ses paroles sortent, tel un doux sifflement liquide.

— Sauf pour les autres, aux yeux desquels, tu es un monstre. Ils adoreraient t'écarter.

Il souffla le mot « adoreraient », laissant sa langue s'attarder sur ses dents pointues.

Je ne pus retenir un frisson. Je le détestais d'être aussi conscient de ma faiblesse. Et je détestais avoir aussi faim.

— Tu ferais mieux de manger, dit Gunnar en se détournant de moi.

Je regardai la forme blottie dans le coin, mais ne ressentis aucun appétit.

— Je n'ai pas faim.

Gunnar se retourna vers moi, prit mon bras de ses puissantes mains et me leva presque de terre. Il me regarda droit dans les yeux, un sourire lubrique se forma sur ses lèvres et il révéla ses crocs. Mes crocs avaient également allongé, parce qu'il m'avait fait sursauter et parce que le désir montait en moi, même si je ne le voulais pas.

— Alors, je te prendrai, ma petite, fit-il en commençant à me dévêtir pendant que le prêtre chantonnait en latin dans son coin.

Le corps de Gunnar était comme du fer. Il était aussi fort que vieux. Même pour un vampire, il était fort. Se faire prendre par lui, c'était comme se trouver au milieu d'une tempête. Quand il me déposa, nue, sur le matelas, je pensai au beau Français dans la cale et me dis que je devrais être en train de faire l'amour avec lui plutôt que de me faire prendre par Gunnar. Au dernier moment, je le repoussai et tentai de me déprendre. Je criai :

— Non ! Je ne veux pas ! Laissez-moi ! Vous êtes un monstre !

C'était un mensonge, et il le savait. Je détestais l'effet que son corps faisait au mien, je détestais devenir mouillée chaque fois que je pensais à son membre dur et inflexible qui me pénétrait, à la force de ses hanches au moment où il me pilonnait avec une puissance aussi ancienne que les arbres. Je détestais sa beauté, son odeur animale qui me donnait envie d'arquer le dos et d'émettre des grognements sortant du fond de ma gorge, et je détestais avoir envie de le supplier de me baiser. Je ne l'avais jamais fait, mais mon esprit le criait en silence. Mon corps ne dépendait plus de moi quand il se trouvait sous lui.

Gunnar émit un rire gras.

— Oh, Chloé, fit-il en secouant la tête et en glissant ses doigts en moi. Ma petite idiote. Arrête de te défendre.

L'assurance et le calme que dégageait sa voix tuèrent mon désir de lutter. En respirant bruyamment, je me soumis à ses mains et à l'excitation qu'il faisait naître dans mon corps.

Gunnar ouvrit son pantalon et s'installa entre mes jambes, poussant son érection contre moi. Mon corps ne voulait pas le laisser entrer, mais Gunnar était patient. Il caressait mes replis de son membre et m'aguichait d'un petit sourire. C'était peut-être l'homme le plus patient au monde, un ancien prédateur.

Mon corps finit par lui céder, et il glissa son membre engorgé en moi petit à petit, me remplissant en émettant de profonds grognements.

— Oh ! oui ! fit-il en souriant lorsqu'il fut tout à fait en moi. Ma Chloé.

Je repensai à ma première fois avec lui, par terre dans la forêt près de ma maison, le jour où je fus capturée, le jour où je fus transformée. J'avais crié quand il m'avait montré ses crocs. Il avait posé son doigt sur ma bouche et bougé ses hanches contre moi. « Chut », avait-il dit et, pour je ne sais quelle raison, cela avait calmé mon esprit.

— Je suis ton seigneur et maître, m'avait-il dit ce jour-là, puis il avait immobilisé mes poignets contre le sol, me prenant sans pitié et sans regret.

On ne m'avait jamais baisée comme Gunnar l'avait fait la première fois, forçant mes jambes à s'écarter, me broyant, d'abord lentement, me remplissant jusqu'au fond à chaque poussée. Je n'avais pas voulu réagir, mais mon corps n'avait pas pu lui résister.

Rien n'avait changé depuis. Je me sentis devenir excitée contre mon gré pendant que Gunnar observait mon visage. Il m'étudiait pendant qu'il retirait lentement son érection de moi, recouverte de nectars que je n'avais pas voulu lui donner. Il sourit en glissant de nouveau en moi, plus loin, me faisant sienne. Sa poussée devint ensuite si vigoureuse que j'oubliai combien je le détestais, et restai là, étendue, haletante, comme je le faisais chaque fois qu'il me prenait. Mes entrailles étaient en feu. Je ne pouvais rien y faire.

Sauf attendre le bon moment.

CHAPITRE TROIS

Le domestique de Claude-Michel, Jean, était un garçon à la peau pâle, aux traits féminins et délicats et aux cheveux couleur de miel. Le lendemain soir, alors que j'apportai le repas aux prisonniers, je le vis qui me regardait, clignant des yeux dans la lumière de ma lanterne. Je lui souris.

— J'espère que tu seras plus bavard que celui-ci, fis-je en montrant de la tête un prisonnier silencieux dans le coin de la pièce. Il est comme ça depuis qu'on l'a emmené ici.

— Pourquoi devrions-nous vous divertir dans l'attente de nous faire tuer ? Je ne veux pas de votre nourriture !

Ce n'était pas là son comportement habituel, mais je ne le connaissais pas encore. Je ne sus que répondre.

— Jean ! fit Claude-Michel. Ce ne sont pas les manières que je t'ai apprises !

Le ton de sa voix me fit frissonner. Même dans sa situation actuelle de prisonnier destiné à la mort, il me semblait fort et imposant. Jean et moi nous retournâmes vers lui, surpris.

— Désolé, Monsieur[5], pardonnez-moi.

Puis il cessa de parler.

Je sentis qu'il fallait que je dise quelque chose.

— Acceptera-t-il de manger si vous le lui demandez ?

Claude-Michel acquiesça.

— À moins qu'il ne veuille que son magnifique dos soit couvert de marques quand votre capitaine reviendra à la raison et qu'il nous délivrera.

Son courage me toucha et m'attrista.

— Je suis désolée, Monsieur[6], fis-je calmement, mais cela ne se produira pas. Cependant, il est possible qu'il s'amuse avec ce prêtre pendant encore une semaine ou un peu plus.

— Et après ? demanda Jean d'un ton un peu radouci.

Il me regardait avec des yeux immenses et terrifiés, ce qui me donna envie de pleurer pour lui.

— Est-ce que c'est moi le prochain ?

Jean remarqua que Gunnar semblait travailler dans la pièce qui était la plus près de lui.

— Mange, lui dis-je. Sinon, tu seras trop faible pour même t'en soucier.

J'avais envie d'étendre le bras et de le toucher pour le réconforter, mais je n'osais pas. Je ne voulais pas m'attacher aux futurs repas de Gunnar, et je ressentais déjà quelque chose pour son maître.

---

5. N.d.T. : En français dans le texte original.

6. N.d.T. : En français dans le texte original.

— Non, cher[7], fit Claude-Michel, pas si j'ai une quelconque influence ici.

Quand je le regardai, il me dévisageait avec tant d'intensité que je dus détourner le regard.

Je me dirigeai vers François, l'ami de Claude-Michel. Il regardait droit devant lui de ses yeux bleus qui semblaient fiévreux. Les hommes de Gunnar utilisaient des armes dont les bouts étaient recouverts de poison pour attraper de nouvelles proies, et habituellement, il n'y avait pas de blessures. Cependant, ces hommes avaient lutté avec force, et François avait eu une grosse coupure au bras. Ses cheveux blonds étaient collés sur son visage et sur sa nuque par la sueur. Il ne put manger, malgré tous mes efforts pour l'en convaincre et les menaces de Claude-Michel. Quand je lui touchai le front, j'eus l'impression que sa peau allait me brûler.

— Je ne savais pas qu'il allait aussi mal, fis-je.

François agita son bras et bafouilla des choses sans queue ni tête. Il était clair que l'infection était trop avancée pour qu'il puisse s'en remettre. Si Gunnar s'en rendait compte, il allait simplement le lancer aux requins.

Je ne dis rien de tout cela.

Quand je me dirigeai vers Claude-Michel, il ne m'avait toujours pas quittée des yeux. Il tenta de me toucher le visage du bout des doigts, mais je reculai, me rappelant que ma lèvre était encore un tout petit peu enflée.

— Chérie[8], fit doucement Claude-Michel. Mais qui a donc pu traiter une aussi jolie créature avec tant de cruauté ?

— Gunnar n'est pas souvent aimable.

---

7. N.d.T. : En français dans le texte original.

8. N.d.T. : En français dans le texte original.

— Comment vous êtes-vous retrouvée avec lui ?

Je ne voulais pas répondre.

— Je suis désolée pour votre violon. Pour Gunnar, il n'y a rien de sacré… ni Dieu, ni la musique. Ni la vie. Rien.

Une expression sombre, affligée, traversa le visage de Claude-Michel.

— Oui, c'était un magnifique instrument.

Il fit un geste de la main.

— Mais ce n'est rien, un outil de séduction sans plus.

Malgré sa situation malheureuse, il sourit.

— Cela a fonctionné, non ?

Je baissai les yeux.

— J'ai adoré votre façon de jouer. Je n'avais pas entendu de musique depuis longtemps.

Je m'approchai un peu trop de lui. et Claude-Michel étendit le bras et me saisit par la taille. Je me défis facilement de son étreinte. Il haussa les sourcils.

— Très forte, dit-il avec un rire moqueur. Vous devez avoir grandi sur une ferme.

— Oui, répondis-je en me rendant compte que ses paroles n'étaient pas destinées à me complimenter. J'ai travaillé très fort.

— Mais vos traits sont si délicats.

— Que puis-je répondre, Monsieur[9] ? Certains d'entre nous ont plus de chances que d'autres.

— Êtes-vous aussi au menu ?

Sa question me fit sursauter et dissipa ma colère. Je baissai la tête.

---

9. N.d.T. : En français dans le texte original.

— Non. Oui, je… Il fait de moi ce que bon lui semble, c'est tout.

Claude-Michel insista.

— Alors, il est encore sensible à la beauté féminine.

Il y avait quelque chose dans le ton de sa voix, dans ses accusations, qui me fit craindre de me mettre à pleurer.

— Je vous en prie, mangez.

Je me relevai d'un seul mouvement rapide et partis sans ma lanterne.

— Chloé, fit Claude-Michel. Mon ami va bientôt mourir si on ne fait rien.

— Alors, il mourra maintenant plutôt que mourir plus tard, fis-je d'un ton cinglant, incapable d'empêcher ma voix de trembler. De toute façon, vous allez tous mourir.

Claude-Michel continua.

— Ce… Votre Gunnar… Il aime bien tuer. Oh, mais j'ai oublié. C'est un vampire.

Je m'arrêtai à la porte, résignée à poursuivre la conversation, consciente qu'il me fallait retourner prendre ma lanterne.

— Il dit qu'un homme, à son âge, a vécu tout ce qu'il y a à vivre et sait que la vie ne vaut pas grand-chose. Il dit que c'est l'un des rares plaisirs qui fait encore battre son cœur.

Claude-Michel me sourit et me regarda avec une innocence feinte qui me donna envie de le toucher. Craignant de perdre la maîtrise de moi-même et de le faire, je rentrai précipitamment dans la pièce, pris ma lanterne et me dirigeai rapidement vers la porte. Sa voix m'arrêta de nouveau.

— Chloé, un des plus grands plaisirs pour un homme de mon âge, c'est d'avoir un visage bien rasé.

— Je ne peux pas vous donner une lame.

— Mais vous pourriez me raser. J'ai assez confiance en vous pour penser que vous ne me trancheriez pas la gorge.

Je me retournai, et nos regards se croisèrent.

— Mais moi, puis-je avoir assez confiance pour penser que vous ne trancherez pas la mienne ?

Claude-Michel montra ses poignets et reprit son expression d'innocence.

— Je suis sans défense, Mademoiselle[10]. Entre ces chaînes et vos charmes, je n'ai plus aucun pouvoir de me défendre. Mais je suis un comte. Je ne veux pas mourir en ressemblant à un vagabond.

— Il va bientôt tuer le prêtre, fis-je, ne sachant quoi dire d'autre.

Claude-Michel fit une pause et releva la tête.

— Il aime tuer. Pourquoi n'en a-t-il pas fait autant avec vous ?

Je plissai les yeux en le regardant, me demandant s'il savait que j'étais une vampiresse. Je choisis mes mots avec soin.

— Il me fait d'autres choses, à moi.

— Il ne vous laisse pas écouter de musique, fit Claude-Michel doucement, avec compassion. Ce n'est pas très loin de la mort, ça.

Je secouai la tête.

— À part vous, il n'y a aucun musicien sur le navire. Ces hommes… ils ne servent à rien d'autre qu'à tuer. Et même ça, certains n'y arrivent pas.

---

10. N.d.T. : En français dans le texte original.

— Je ne suis pas musicien. Tous les gentilshommes savent jouer de la musique, et tous savent faire l'amour. Par contre, certains sont meilleurs que d'autres.

Je sentis ma bouche devenir sèche. Je savais qu'il me forçait à rester là, qu'il voulait que je le désire pour que j'en vienne à l'aider. Je me sentais glisser de plus en plus vers le piège.

— Et vous, Monsieur[11], êtes-vous meilleur que les autres ?

Il ne répondit que par un lent battement des cils et un sourire. Je m'éclaircis la voix.

— Je suis désolée pour votre violon. J'ai été touchée par sa destruction.

— Je pourrais jouer pour vous tout le temps, si nous étions libres, ma chère.

Je hochai la tête.

— Je sais ce que vous essayez de faire.

— Oui, j'essaie de vous convaincre de nous libérer. Ainsi que vous-même. Vous viendriez avec nous, évidemment. Et je vous ferais découvrir les plaisirs de l'amour, qui ne ressemblent en rien à ce que vous ressentez quand un monstre se sert de vous.

— Je dois y aller.

Je partis rapidement, les laissant dans le noir.

— Il se lassera de vous, un jour, cria Claude-Michel après mon départ. Que ferez-vous alors ?

Je ne resterai pas ici assez longtemps pour le découvrir, pensai-je.

11. N.d.T. : En français dans le texte original.

CHAPITRE QUATRE

Plus tard ce soir-là, j'errais sans but dans les quartiers de Gunnar pendant qu'il se nourrissait du jeune prêtre, étalé sous lui sur le matelas. Je n'avais toujours pas retrouvé l'appétit et je m'ennuyais ferme. Pour ce qui est de l'être humain qui souffrait à quelques mètres de moi, j'en étais venue depuis longtemps à accepter le sort que Gunnar leur réservait, en considérant ses proies comme de simples animaux.

Si je savais lire, pensai-je, *la chambre de Gunnar serait une grande source de fascination.* Il y avait des cabinets remplis de livres que des bidules gardaient bien fermés pour éviter que les livres ne se répandent partout en cas de mauvais temps, et des tas de livres aussi sur le sol et la chaise de Gunnar. D'autres livres encore, et des appareils comme des bouliers et différents compas, étaient éparpillés sur la table. Il y avait des parchemins dans les coins, des cartes et des croquis sur les murs. La pièce en entier attestait de la curiosité de Gunnar envers les gens qu'il utilisait pourtant avec une totale insouciance.

Quand Gunnar eut terminé, il leva la tête et soupira profondément.

— Merveilleux! Les dévots ont toujours bien meilleur goût que les hordes de pécheurs.

La tête du prêtre tomba sur sa poitrine. Il tenta de dire quelque chose en latin. Gunnar gloussa.

— Il tente d'exorciser mes démons. Comme c'est gentil de sa part.

Il tripota le crucifix qui pendait au cou du jeune homme. Il avait ordonné à ses hommes de ne pas le lui enlever.

— Avec tout le progrès que l'on connaît, ils portent encore des talismans pour éloigner les mauvais esprits.

Il ajouta en direction du prêtre :

— Arrête ton bavardage, ou je t'arrache le scrotum à mains nues. Je suis déjà destiné à l'enfer.

Je le regardai par-dessus mon épaule.

— Bois, fit Gunnar dans ma direction. Ça fait plusieurs jours que tu n'as rien pris.

Mon ventre se mit à gargouiller, ce qui m'étonna. Ma faim était venue puis repartie plusieurs fois au cours des derniers jours, mais maintenant elle prenait vie violemment. Je rejoignis Gunnar dans le lit.

Je m'agenouillai sur le matelas et me penchai vers la chair chaude et bouillonnante du jeune prêtre. Tel un rat piégé dans un coin, il tenta de se sauver de moi, mais Gunnar l'en empêcha.

— Allons, allons, mon Père, disait-il.

Je m'enfonçai dans le creux sous sa mâchoire et pénétrai la chair tendre de sa gorge pour y trouver le fruit pulpeux qui battait juste sous la peau. Toutefois, le fruit me parut blet, et son odeur me donna la nausée. Mes crocs se raccourcirent. Me sentant sur le point de vomir, je me pris le ventre. Le prêtre marmonnait des mercis. Je voulais qu'il se taise.

Gunnar fronça les sourcils pensivement.

— C'est un drôle de moment pour devenir aussi sensible, fit-il en se penchant vers moi et en m'examinant le visage. Tu n'as jamais été d'accord avec mes méthodes, mais tu n'as jamais refusé un repas.

— Je ne me sens pas bien.

Il me regarda les yeux plissés.

— Ce n'est pas une ruse qui fonctionne avec moi, Chloé. Les vampires ne tombent pas malades.

Je m'assis. La chambre tournait. M'efforçant de garder la tête immobile, je regardai autour de moi.

— C'est ce que vous dites, mais je sais maintenant que c'est un mensonge, répondis-je pendant que le prêtre frissonnait à côté de moi. Si c'est ça, votre immortalité, je n'en veux pas.

Gunnar me prit la mâchoire de sa grosse main et me força à le regarder. Il examina attentivement mon visage.

— C'est impossible, murmura-t-il.

Je sentais quelque chose qui ressemblait à de la fascination dans sa voix.

Une grande douleur me tordit les entrailles et me trempa de sueur. J'eus envie de me déshabiller, mais je ne voulais pas me retrouver nue devant le prêtre. Je n'avais jamais rien ressenti de tel depuis que j'étais devenue vampire. C'était horrible. La simple vue de quelques gouttes de sang, qui normalement aurait fait monter en moi du désir et de la faim, me donnait envie de vomir jusqu'à penser que j'allais mourir, et ce, même si j'étais affamée. Si je ne m'étais pas sentie aussi faible, j'aurais été terrifiée.

CHAPITRE CINQ

Le lendemain matin, je me sentais mieux. J'accomplissais mes tâches, rapportais ce qui se passait sur le navire à Gunnar et je m'assurais que ses hommes travaillent bien. Malgré cela, mon esprit était avec les prisonniers dans la cale. Gunnar se retira tôt dans sa chambre pour lire, alors je décidai de leur apporter leur repas plus tôt.

Ils reçurent du gruau et du pain rassis, ce qui était plutôt bien en comparaison avec ce que je réussissais à quémander pour eux habituellement. Claude-Michel ne semblait pas de cet avis. Je m'assis près de lui, tenant ma lanterne assez près pour qu'il puisse me voir dans l'obscurité. Hormis ce que ma lanterne éclairait, tout était dans le noir pour des yeux de mortels. Les rats couraient librement dans la cale et mordaient souvent les prisonniers. Or, comme la fièvre découlant d'une morsure de rat ne faisait qu'ajouter un goût aigrelet à nos repas, Gunnar ne s'en préoccupait pas.

Claude-Michel me lança un regard furieux.

— Je n'ai pas l'habitude de manger avec les mains. Est-ce que je pourrais avoir des ustensiles?

— Les prisonniers n'y ont pas droit. Je suis désolée.

Il grogna et se mit à utiliser son pain pour apporter le gruau plutôt liquide jusqu'à sa bouche. Son menton, recouvert de poils drus, était plus foncé qu'avant.

— Mon ami est en train de mourir.

Je regardai François. Il semblait dormir paisiblement, mais je savais qu'il n'en avait plus pour longtemps. Son bras était affreusement enflammé, on y voyait du pus et d'autres fluides répugnants. À côté de lui, Jean se concentrait sur son repas, m'ignorant.

— Tous ceux qui sont enchaînés dans cette pièce vont mourir, fis-je. Mais cela ne m'a jamais autant affectée que maintenant que je vous ai rencontré. J'aurais voulu vous avoir connu plus tôt.

Claude-Michel me regarda, en mâchant lentement.

— Comment se fait-il que vous vous soyez retrouvée avec un homme comme ça?

Je rapprochai mes genoux de ma poitrine comme une enfant.

— L'automne dernier, ses hommes sont venus et ont détruit ma maison. Ils ont tué ma famille. Ils m'auraient tuée aussi, mais Gunnar me voulait pour lui. Et maintenant, je suis ici.

— Vous êtes prisonnière.

— Oui, répondis-je calmement.

— Vous êtes française.

J'acquiesçai de la tête.

— Je viens de la campagne. Vous aviez raison. Mon mari était fermier. Gunnar aime m'insulter en m'appelant sa laitière. Mais ça ne m'insulte pas. Nous étions heureux là-bas.

Je me sentis rougir. Je n'avais pas reçu d'éducation, mais je savais ce que des hommes comme lui pensaient de femmes comme moi, peu importe la façon dont que je lui aurais décrit la vie à la campagne. Normalement, il ne m'aurait jamais trouvée intéressante, mais je me rendis compte que j'étais, en ce moment, son seul symbole d'espoir. Et lui était le mien.

— Racontez-moi votre vie. Comment vous êtes-vous retrouvé ici ? lui demandai-je.

Je n'aurais pas pensé que son visage put devenir encore plus sombre, mais pourtant il s'assombrit davantage.

— J'ai tué un homme dans la rue et j'ai dû quitter la France. C'était un pauvre, et les pauvres se soulèvent. Ils auraient demandé ma tête. Nous vivons une époque très dangereuse pour les nobles, surtout à Paris.

— Vous avez tué un homme ?

Je ne m'attendais pas à cela.

— Et pourquoi ?

— Parce qu'il avait tué mon fils pour la seule et unique raison que Gabriel était de sang noble. J'étais en train d'organiser son mariage.

Son visage devint triste. Il cligna des yeux et avala.

Je me penchai vers lui et posai la main sur son bras.

— Vous pleurez votre fils comme je pleure mes enfants.

Il me regarda, mâcha lentement et avala, mais ne retira pas son bras.

— Ma fille aussi. Elle avait quatorze ans. Je suis allé dans la maison de mon frère à Florence, où je m'attendais à ce que ma femme et ma fille viennent me retrouver, avec l'aide de François. Mais quand il est arrivé…

Les mots de Claude-Michel sortaient difficilement pendant qu'il luttait pour ne pas pleurer.

— Quand il est arrivé… Il n'y avait que Jean avec lui. Il m'a dit que la foule avait appris le meurtre que j'avais fait et s'était vengée sur ma famille.

Son menton trembla. Puis il prit une bonne inspiration.

— Pardonnez-moi, dit-il, tentant d'écarter ses émotions d'un geste de la main. Je les aimais beaucoup. Un homme n'est rien sans sa famille.

Pendant qu'il parlait, mes yeux s'étaient remplis de larmes.

— Comment s'appelaient-ils?

Claude-Michel regarda devant lui, comme s'il pouvait voir leurs visages flotter dans les airs.

— Angélique, ma femme. Elle avait de magnifiques cheveux roux et les yeux verts. Notre fils Gabriel me ressemblait, avec ses cheveux foncés et sa facilité à s'emporter. Nous n'étions pas toujours d'accord, mais ce jour-là, il s'était porté à ma défense. C'est pour ça qu'on l'a tué. Il est mort en défendant son père.

Il avala avant de continuer.

— Ma fille avait de jolies boucles blondes, de la même couleur que les cheveux de Jean. C'était un ange. Je n'ai jamais vu plus belle créature. Elle s'appelait Camille. Nous étions en route vers Paris pour trouver les salauds qui les ont tuées et leur faire payer leur geste quand votre… quand les hommes de Gunnar nous ont accostés.

Il avait craché le nom de Gunnar avec tout le venin qu'il avait en lui. Puis, il me regarda de nouveau.

— Je suis vraiment désolée, Claude-Michel, dis-je en chuchotant.

Au cours des jours qui suivirent, je pris l'habitude de rester avec eux pendant qu'ils mangeaient. Avec le temps, François avait réussi à prendre assez de nourriture pour se garder en vie, mais la gangrène avait commencé à se propager. La puanteur devait paraître horrible à un mortel. Il me fallait moi-même toute la force de ma volonté pour rester dans la pièce.

Toutefois, pour voir les yeux de Claude-Michel s'illuminer quand j'arrivais, j'étais prête à supporter l'odeur nauséabonde et à prendre le risque de me faire prendre. Un soir, je remarquai une lueur espiègle dans l'œil noir de Claude-Michel.

— Mademoiselle[12], fit-il. Les choses que je ferais avec une femme comme vous… Vous sauriez apprécier une poigne ferme, je pense, comme ma femme Angélique.

Ses mots me surprirent et firent naître l'excitation dans mon ventre.

— Que voulez-vous dire ? lui demandai-je, intriguée.

— Laissez-moi vous raconter ce qui est arrivé le soir où je dus aller dans une maison close chercher mon fils. Ce soir-là, nous étions attendus à une soirée dans un palais. Il devait rencontrer les du Peliers, dont la charmante fille était celle avec qui je prévoyais le marier. François devait ramener Angélique et Camille à la maison, mais, évidemment, Angélique avait préféré m'attendre au palais. Je n'acceptais pas la désobéissance.

---

12. N.d.T. : En français dans le texte original.

Gunnar ne l'acceptait pas non plus, mais entendre Claude-Michel prononcer ces paroles me causa d'agréables frissons.

— Qu'avez-vous fait ? demandai-je aussi innocemment que je le pouvais.

— Je l'ai couchée sur mes genoux et lui ai donné la fessée, évidemment.

— Racontez-moi.

Il pencha la tête de côté en me regardant et baissa les paupières d'un air aguicheur.

— Comme vous voulez. Le corps de mon Angélique était de la couleur de la crème. Je le trouvais toujours aussi beau, malgré toutes les années que nous avions passées ensemble. Notre fils avait vingt-deux ans. Je lui ai donné l'ordre d'enlever sa robe et lui ai dit : « Tu ne dois jamais me désobéir, Angélique, même dans les plus petites choses ». Je la vis frissonner à ces mots. Elle me répondit : « Pardonnez-moi, Monsieur[13] ». C'est ainsi qu'elle m'appelait quand elle savait que j'allais la punir. Je ne mentirai pas, cela m'excitait. Je lui dis que je lui pardonnais, bien sûr.

Je n'avais jamais pensé qu'une telle chose puisse être excitante, mais j'avais soudainement l'impression de découvrir la sexualité pour la première fois. Je voulais en savoir plus sur la façon dont mon magnifique compatriote avait puni sa femme.

— Je m'assis sur le canapé dans ma chambre, ma femme couchée sur mes genoux, et posai la main sur son derrière[14] parfait pendant qu'elle attendait. « J'espère que la comtesse

13. N.d.T. : En français dans le texte original.

14. N.d.T. : En français dans le texte original.

ne s'imagine pas que ceci est un jeu, lui ai-je dit. Si je peux prendre un certain plaisir à vous voir étendue, sans défense, sur mes genoux, je tiens néanmoins à ce que vous considériez cette correction avec sérieux. La prochaine fois que vous ne suivrez pas mes ordres, vous aurez bien plus que ma main sur votre derrière. Vous comprenez bien ? » Et elle répondit : « Oui, Monsieur[15] », ce qui m'excita davantage.

Je bougeai mon corps sous le sien afin qu'elle puisse sentir mon excitation monter. J'étais prêt à la prendre, mais je ressentais beaucoup de plaisir à ce petit jeu. Je savais que je pouvais prendre tout mon temps. Je commençai à lui donner la fessée, elle sursauta, mais fut très bonne et ne cria pas. Je la félicitai. « Très bien. Il ne faudrait pas que nos enfants arrivent ici en courant et voient leur mère dans une position aussi compromettante, n'est-ce pas ? Qu'ils vous voient étendue sur les genoux de leur père, qui vous donne la fessée comme à une petite fille, comme si vous étiez leur égale, ou même quelqu'un d'inférieur à eux. »

— C'est terrible, dis-je, d'une voix plus haletante que je l'aurais souhaité.

Claude-Michel me regarda d'un air de parfaite innocence.

— Je suis un homme terrible, Mademoiselle[16].

— Pourquoi m'appelez-vous ainsi ? J'ai été mariée.

— Parce que je vous vois comme une jeune fille au faîte de sa beauté.

Je baissai les yeux.

— Merci, Monsieur[17].

---

15. N.d.T. : En français dans le texte original.

16. N.d.T. : En français dans le texte original.

17. N.d.T. : En français dans le texte original.

Pendant un instant, il me lança un regard que j'aurais trouvé irrésistible si les circonstances avaient été différentes, puis il reprit son récit.

— Je la narguai sans pitié, frappant son derrière[18] de plus en plus fort. Elle commença à émettre de petits cris étouffés dans le coussin, mais elle continuait à faire très attention. Elle me supplia d'arrêter et me jura qu'elle ne me désobéirait plus jamais, ce qu'elle m'avait déjà juré de nombreuses fois par le passé. Je caressai la chair rose doucement.

Sa voix se fit traînante et son regard se fixa au loin.

— Ça avait été pareil le soir de notre mariage. Elle m'avait supplié de la laisser aller, convaincue que ses parents l'avaient remise à un fou. Mais je continuai mon exploration jusqu'à ce que je trouve les germes de la noirceur en elle, que je les cultive, jusqu'à ce que la simple évocation de la punition la fasse mouiller. Après, évidemment, je la pris dans le lit et lui fit l'amour divinement. Je n'oublierai jamais ce qu'elle me répondit quand je lui demandai si elle avait aimé cela. « Aimé ? Quel mot étrange pour décrire ce que je ressens face aux choses que vous m'avez faites. »

— C'est… compréhensible, fis-je avec difficulté.

Je le désirais terriblement. Je n'avais jamais autant désiré un homme de toute ma vie.

Claude-Michel se passa la main sur la mâchoire. Le son de sa chair se frottant contre les poils de sa barbe me fit frissonner.

— Cette barbe me dégoûte. Je n'y suis pas habitué.

Je hochai la tête, me rappelant qu'il allait bientôt devenir poilu comme une bête et qu'il ne serait plus aussi beau. Il

---

18. N.d.T. : En français dans le texte original.

allait maigrir et devenir décharné. Ce n'est qu'à ce moment que Gunnar allait commencer à s'amuser avec lui.

— Je suis désolée, Monsieur[19]. Je vous en prie, terminez votre repas, je dois partir bientôt.

⁂

Quand je revins dans la chambre de Gunnar, j'essayai de me nourrir à nouveau, mais l'odeur du sang me donna encore plus la nausée que la dernière fois. Je restai étendue sur le lit, haletante, me moquant de savoir si Gunnar allait me tuer. Je me sentais si mal que je souhaitais qu'il le fasse.

Cependant, il ne le fit pas. Il traîna le prêtre hors du lit et l'enchaîna dans un coin de la pièce, puis revint vers moi. Il prit ma mâchoire dans sa main et me tourna la tête d'un côté, puis de l'autre. Il ouvrit mes paupières pour regarder mes pupilles, puis fronça les sourcils.

— Peut-être que tu es vraiment en train d'entrer en phase. Je pensais que tu boudais.

— En phase ?

— Oui, répondit-il en me relâchant. C'est étrange. Pendant des années, cela ne m'est pas arrivé. J'étais en phase quand tu es venue à moi. C'est pourquoi je t'ai épargné la vie et que j'ai pu te transformer en la magnifique créature que tu es devenue.

Des taches sombres flottaient en périphérie de mon champ de vision.

— C'est pourquoi vous avez pu… ? Qu'est-ce que ça signifie ? Que m'arrive-t-il ?

---

19. N.d.T. : En français dans le texte original.

— Pendant un certain temps, tu ne pourras plus manger, fit-il d'une voix presque douce. J'ai toujours pensé que cela se passait ainsi pour qu'il n'y ait pas trop de vampires.

Je respirai profondément plusieurs fois, à la fois pour tenter de comprendre ses paroles et pour ne pas vomir.

— Si tu manges pendant cette période, si tu te forces à mordre quelqu'un, ta morsure fera de cette personne un vampire.

— Je pensais que…

Je me touchai le front.

— Tu pensais quoi, petite ?

Je luttai pour garder les yeux ouverts, pour ne pas vomir.

— Je pensais que vous aviez des pouvoirs magiques.

Il me fit un sourire condescendant.

— Non, il n'y a aucune magie. De la science, oui, mais pas de magie.

Je fermai les yeux, vaguement soulagée à l'idée que je n'étais pas en train de mourir. Gunnar me souleva et me déposa dans le lit. Je grognai, le suppliai de me laisser seule, lui disant qu'il était en train de me tuer. Il finit par s'installer pour lire, alors que je ne faisais que penser au fait que j'étais en phase. Cela signifiait quelque chose, quelque chose d'important pour moi. Il m'était difficile de réfléchir avec la nausée et la douleur qui me déchirait les entrailles. J'y parvins finalement. Mon cœur se mit à battre à tout rompre. C'était ça, c'était ce que j'attendais ! Voilà comment j'allais pouvoir sauver mon beau Français, et moi-même par la même occasion. S'il m'était impossible de trouver un sauveur qui me ramènerait chez moi, j'allais m'en fabriquer un. Et qui de mieux que l'un de mes compatriotes ?

Or, pour mener à bien le plan que je finis par élaborer le lendemain matin, lorsque je me sentis mieux, il me fallait voler le rasoir de Gunnar.

CHAPITRE SIX

Ce n'allait pas être facile de m'approcher de Claude-Michel. Je pensais tenter de le séduire, mais je n'étais pas une séductrice. Embrasser son cou de façon à pouvoir le mordre devrait être le geste impulsif d'une fille qui se trouvait déjà très près de lui. Le raser pourrait me donner l'occasion de le faire, tout en essayant de l'exciter assez pour qu'il ne puisse refuser.

Je n'avais aucun plan pour la suite, sauf qu'il me faudrait réussir à garder Gunnar loin de la cale pendant quelques jours. Cela risquait d'être très difficile, car il commençait à se lasser du prêtre. Il allait donc bientôt le tuer et descendre à la cale pour se trouver un autre jouet avec lequel s'amuser. Il suffisait de très peu pour que mon plan échoue, et alors, Gunnar allait sûrement tous nous tuer.

Par contre, cela valait probablement mieux que de vivre sur ce navire maudit pour l'éternité et de voir Claude-Michel devenir le jouet de Gunnar. Je préférais mourir.

Le moment est arrivé soudainement, deux nuits après ma dernière tentative pour me nourrir. Gunnar tourna la page du livre qu'il était en train de lire, fit une grimace et le reposa. Il fit basculer ses jambes sur le côté du lit et se dirigea vers le coin de la chambre où gisait le jeune homme en boule.

— Le temps est venu de rencontrer votre créateur, mon Père.

Comme on pouvait s'y attendre, le prêtre se mit à pleurnicher et à prier. Je me dis qu'il m'était impossible de sauver tout le monde, et chassai cette idée de mon esprit. Finalement, ils disparurent. Je me levai d'un bond, tentant d'oublier la nausée et le mal de tête qui montaient en moi à l'idée que Gunnar était en train de répandre le sang du jeune homme, et me précipitai vers la salle de bain. Le rasoir était là. Je m'assurai qu'il fût bien fermé, le glissai dans ma botte et sortis.

Comme le cuisinier du navire était un homme gentil qui m'aimait bien, je pus lui soutirer un plat de viande et de pain pour Claude-Michel, François et Jean au lieu du gruau. François ouvrit les yeux, mais ne sembla pas me voir, pas plus que le repas que je plaçai à côté de lui. Jean regarda le sien et renifla. Claude-Michel m'observait.

— Que nous vaut ce banquet? demanda-t-il d'une voix tendue.

— Mangez d'abord. Ensuite, je vous raserai tous les trois.

Mon cœur battait beaucoup trop vite.

Les yeux de Claude-Michel s'éclaircirent, puis il hocha la tête.

— Vous joindriez-vous à nous ? demanda-t-il.

Quelque part dans l'ombre, un rat poussa un couinement, ce qui me fit sursauter.

— Non, merci, Monsieur[20].

— Qu'est-ce qui vous a poussé à venir avec le rasoir ? demanda-t-il avant de commencer à manger.

— Vous êtes très beau, répondis-je, espérant contre tout espoir qu'il ne remarquerait pas ma nervosité. Dès notre première rencontre, j'ai vu comme vous étiez beau. Surtout avec votre violon.

Il hocha la tête.

— Merci, chérie,[21] mais je ne serai plus aussi beau, j'en ai bien peur, lorsque votre Gunnar jettera mes entrailles à la mer.

Cette image me déprima.

— Ne dites pas des choses comme ça.

Je m'assis sur le sol près d'eux et les observai. Pendant un long moment, personne ne parla. Puis, sans trop savoir pourquoi, je dis :

— Ma fille, Annabelle, avait quatre ans. La veille de l'arrivée des hommes de Gunnar, elle m'avait apporté une petite fleur violette. Elle m'avait dit : « Tiens maman, elle est aussi belle que toi ». Le bébé avait reçu le nom de mon mari, Philippe. C'était un homme bon. Fort. Mais quand les pirates sont arrivés…

Ma gorge se serra autour des mots qui montaient, et des larmes se mirent à couler, mais je les essuyai aussitôt.

---

20. N.d.T. : En français dans le texte original.

21. N.d.T. : En français dans le texte original.

— Ils l'ont tué.

Je tentai de ne pas renifler, mais c'était impossible. Je voulais montrer ma vulnérabilité à Claude-Michel afin qu'il me fasse confiance. Je ne me permettais pas de penser à quel genre de vie j'allais bientôt le condamner. Du moins, il s'agissait d'une vie.

Claude-Michel se mit à manger plus lentement, tout en écoutant.

Je pris une profonde inspiration et tentais de rire, puis je me passais la main sur mes yeux et mes joues.

— J'ai essayé de les tuer quand ils ont fait du mal à mes bébés. J'ai essayé. Mais j'ai eu peur, et je me suis sauvée. J'aurais dû les laisser en finir avec moi alors. C'est infernal, ce… ces souvenirs.

Claude-Michel avala trop fort et se mit à tousser.

— Peut-être avez-vous quelque chose devant vous, de l'amour auquel vous ne vous attendiez pas, hum ?

Je fis semblant de ne pas l'avoir entendu. Je ne pouvais me permettre de penser à ce genre de choses, si ce que je m'apprêtais à faire risquait de causer notre mort à tous les deux… ou de faire en sorte que Claude-Michel me déteste pour toujours.

Il finit par repousser son assiette.

— Je suis prêt, fit-il.

Il garda le regard fixé sur moi pendant que je sortais le rasoir de ma botte. Je m'approchai de lui. Pendant de longs instants, je ne pus que rester là, le regard baissé vers lui, très consciente du fait que Jean et Claude-Michel me regardaient intensément. Je me demandais si j'allais pouvoir le faire.

— Eh bien ? fit Claude-Michel. Allez-vous faire ma toilette ou me trancher la gorge ?

Cela me ramena sur terre.

— Je suis plus forte que vous, alors n'essayez pas de faire quoi que ce soit.

— Comme vous voulez.

Claude-Michel laissa pendre ses mains sur le sol et s'arrangea pour que les chaînes ne soient plus tendues. Je posai une botte de chaque côté de ses hanches et m'installai doucement sur ses genoux. Je me sentais gênée. Je n'avais jamais séduit un homme auparavant.

— Très agréable.

— Quoi ? fis-je, inquiète.

— C'est un très joli parfum que vous portez. Comme vous le savez, il n'y a pas beaucoup d'odeurs agréables ici.

J'acquiesçai et ouvris le rasoir, l'observant avec attention. Puis, quand je sentis qu'il n'avait pas l'intention de me tuer, je pris son menton d'une main et fis tourner sa tête de côté. Malgré les chaînes, il bougea rapidement et attrapa mes poignets avec ses mains.

Nos regards se croisèrent.

— Je ne peux pas vous raser si vous ne me lâchez pas.

— Je préférerais me raser tout seul, fit-il tout en essayant d'écarter mon doigt du manche du rasoir avec l'une de ses mains.

Il n'y arriva pas.

— Non, Monsieur[22], je ne vous donnerai pas le rasoir. Et si vous continuez à essayer de profiter de moi, je m'en irai et ne vous apporterai plus que du gruau à l'avenir. Je laisserai votre

22. N.d.T. : En français dans le texte original.

barbe pousser et, à votre mort, vous aurez l'air d'un fou. Je peux vous apporter un peu de réconfort, ou pas du tout.

— Intéressant, marmonna-t-il en regardant ma main, comme s'il n'avait rien entendu de ce que je disais. Peut-être le poison m'aura-t-il affaibli plus que ce que je pensais.

— Oui, fis-je. Peut-être. Mais j'aimerais vous permettre de vous sentir comme un homme, et non comme un animal en cage. Maintenant, je vous en prie, Monsieur[23], laissez-moi faire ce pour quoi je suis venue.

Il me lança un regard perçant, puis laissa tomber ses mains sur le sol et ferma les yeux en soupirant.

— Au point où nous en sommes rendus, Mademoiselle[24], peu importe ce que vous ferez, cela ne changera pas grand-chose, à mon avis.

— Vous m'avez demandé de vous raser, lui répondis-je tout en bougeant sur ses genoux.

— Si vous continuez à bouger ainsi, je vais vous demander autre chose en plus.

— Je ne saurais pas faire les deux en même temps, Monsieur[25].

Je plaçai la lame contre sa joue. Je dus faire un effort pour garder la bouche fermée, car j'étais de plus en plus excitée. Mes crocs commençaient à allonger malgré la nausée qui montait en moi à l'idée du goût de son sang. Le fait que je sentais bouger la chair entre ses jambes empirait les choses.

Dieu que je désire cet homme.

---

23. N.d.T. : En français dans le texte original.

24. N.d.T. : En français dans le texte original.

25. N.d.T. : En français dans le texte original.

Claude-Michel ferma les yeux et se mit à respirer profondément. Je tentai de me distraire en lui faisant la conversation.

— Gunnar m'a dit que ce parfum venait d'Orient. Il a voyagé un peu partout. Il est très vieux.

Claude-Michel laissa aller son souffle lentement.

— Votre visage est tendu, Monsieur[26], essayez de vous détendre.

— Désolé, fit-il sèchement. C'est vraiment très agréable.

C'était tout ce que je pouvais faire pour empêcher mes mains de trembler. J'avais peur qu'il ne le remarque et qu'il comprenne que j'avais un plan. Je me doutais qu'il n'aurait pas été ravi d'apprendre ce que j'étais, ou que j'avais l'intention de le transformer en vampire.

Quand j'eus terminé, le visage de Claude-Michel était encore rêche, mais sa barbe avait disparu. En examinant mon travail, je pouvais constater à quel point il était beau.

— Merci[27], dit-il.

Pendant un moment, j'eus l'impression qu'il pouvait entendre mes pensées.

— De rien, répondis-je en ne réfrénant plus mon désir pour lui et en me penchant pour l'embrasser.

— Eh bien, fit-il, il semble que la dame ne peut résister à mes charmes.

— Ne dites rien, fis-je en bougeant mes hanches contre les siennes.

---

26. N.d.T. : En français dans le texte original.

27. N.d.T. : En français dans le texte original.

Je me demandais s'il pouvait sentir le désespoir dans mes gestes. Il leva les bras pour empoigner mon derrière au moment où mes lèvres touchaient les siennes.

Il répondit brièvement à mon baiser avant de détourner la tête.

— Je pourrais vous êtes plus utile, Mademoiselle[28], si mes membres étaient libres.

Je sentais la frustration monter en lui. Claude-Michel n'était pas le genre d'homme à aimer être à la merci des autres, même si ceux-ci cherchaient à lui procurer du plaisir. Je continuai et immobilisai sa mâchoire pendant que je lui mordillai la lèvre.

— Mademoiselle[29]…

— Vous serez libre, chuchotai-je, tout en donnant de petits coups de langue sur le coin de sa bouche. Je vous le promets.

Je dirigeai mes lèvres humides vers sa mâchoire, qui était rugueuse là où le rasoir avait arraché les poils de barbe. Son corps se raidit quand je testai son cou du bout de la langue. Il fit un soupir irrité et prit mes bras avec ses mains, mais ne parvint pas à m'écarter. Je tentai d'oublier la nausée qui montait dans mes entrailles et poussai dans le sol avec mes genoux. Puis j'inclinai sa tête de force.

J'ouvris alors la bouche et pénétrai sa chair de mes crocs.

Je raidis mon corps et fermai les yeux, immobilisant Claude-Michel contre le mur.

— C'est quoi ça? cria-t-il en essayant de me repousser.

Le goût de son sang me donna un haut-le-cœur. J'avais envie de vomir, mais je devais continuer, même si je savais que

28. N.d.T. : En français dans le texte original.

29. N.d.T. : En français dans le texte original.

je lui faisais mal. Je devais sauver cet homme afin qu'il puisse me sauver.

Quelques instants plus tard, c'était terminé. Je me relevai. Sa tête roula sur le côté. Il tenta de me regarder. Il divaguait, comme s'il était ivre, et n'arrivait pas à bouger ses mains qui étaient étendues sur le sol, les paumes vers le haut. Mordre un autre homme était bien la dernière chose dont j'eus envie, mais je voulais que Claude-Michel puisse garder son ami, qui allait bientôt mourir si on ne faisait rien pour lui. J'attrapai donc les chaînes attachées aux poignets de François d'une main et les tins fermement pendant que je m'installais sur lui. Sans me préoccuper de sa faible défense, j'empoignai ses cheveux dorés de l'autre main, inclinai sa tête de côté et approchai ma bouche de son cou.

— Chut, ça va faire juste un petit peu mal.

Quand j'eus terminé, je vis que Jean me regardait avec des yeux écarquillés. Il semblait incapable de parler. Quand je m'accroupis devant lui, il se fit tout petit.

— Tu serviras de nourriture à ton maître. Et nous serons tous libérés de cet homme dément.

CHAPITRE SEPT

J'espérais ne pas trouver Gunnar dans sa chambre, afin de pouvoir remettre son rasoir à sa place, mais il était étalé sur le lit, les mains jointes sur le ventre. J'observai pendant quelques secondes sa respiration pour voir s'il dormait. Je conclus qu'il était endormi et me précipitai vers la toilette.

— Chloé.

Quand il prononça mon nom, j'eus l'impression que tout mon corps venait de prendre feu. Je me retournai, dégoûtée d'entendre mon nom dans sa bouche.

— Oui, capitaine ?

— Viens ici.

J'hésitai.

— J'ai besoin de me soulager, fis-je, ce qui n'était pas tout à fait un mensonge.

Il ouvrit les yeux.

— Je l'avais compris. Viens ici maintenant.

Je ne savais pas si mon cœur avait fait un bond dans ma poitrine parce que je risquais de me faire prendre ou à cause du ton de sa voix, mais je lui obéis promptement, comme d'habitude.

— Oui, capitaine, murmurai-je, priant qu'il ne me demande pas de me dévêtir.

Il s'assit pendant que je me dirigeais vers lui et me regarda d'un air admiratif. Il me faisait penser à un grand lion blanc, avec ses traits typés et ses cheveux en broussailles. Une forte odeur émanait de lui.

Je n'attendis pas qu'il me dise quoi faire, pour m'agenouiller devant lui et commencer à le satisfaire. Si je pouvais lui faire du bien avec la bouche, peut-être qu'il ne me demanderait pas de me déshabiller et qu'il ne découvrirait pas le rasoir.

— Ah! fit-il au moment où j'entourai son membre de mes lèvres. Très bien. Tu as beaucoup appris depuis que tu es avec moi.

— La vie est beaucoup plus facile quand vous êtes de bonne humeur, Gunnar.

Puis je me remis à la tâche.

— C'est très bien que tu aies compris ça. Déshabille-toi. Je veux déverser mon nectar dans ton ventre ce soir.

Je m'arrêtai et le regardai avec horreur.

— Mais…

— Pourquoi hésites-tu? Et pourquoi sembles-tu si pressée soudain de me faire plaisir?

Il prit mon bras de sa puissante main et me força à me relever pendant qu'il se levait lui-même. Il se dirigea ensuite vers le coin de la pièce où il gardait une baguette de bois.

— Déshabille-toi.

Mon esprit fonctionnait à toute vitesse pendant que je délaçais ma chemise. Je bougeais lentement et tentais de calmer mes pensées, mais Gunnar revint rapidement. Je sentis la baguette sur mon dos avant même d'avoir eu le temps de réfléchir. Je perdis pied, faillis tomber et poussai un petit cri.

— Plus vite. Je ne sais pas ce que tu essaies de me cacher, mais je n'ai aucune envie de me faire manipuler.

Je me retournai vers lui.

— Je vous en prie, ne faites pas ça.

À peine avais-je fini de parler, que la baguette me frappait de nouveau. Cette fois, je tombai à genoux, tremblant de peur.

— Non…

— Si c'est moi qui dois te déshabiller, tu ne pourras plus jamais porter de vêtements à bord de ce navire. Est-ce que je me suis bien fait comprendre ?

Je hochai la tête et me levai, aussi vite que je le pu avec mes doigts qui tremblaient. Je descendis mon pantalon et tentai de m'en servir pour couvrir ma botte droite pendant que je l'enlevais, mais la lame tomba sur le sol avec un claquement. Le temps s'arrêta. Je regardai les yeux de Gunnar se plisser et vis un éclair de compréhension les traverser.

— Qu'est-ce que c'est ?

Il sourit.

— Il faudra beaucoup plus que cela pour me tuer.

Je secouai la tête désespérément.

— Je n'avais pas l'intention de vous tuer.

— Ah non ? Alors explique-moi, veux-tu, ce que tu faisais avec ce rasoir.

— J'étais…

Je ne voulais pas lui dire que j'avais rasé des prisonniers, mais je ne trouvai pas d'autre solution.

— Je me disais qu'ils étaient trop faibles pour représenter un danger, ai-je dit pour conclure. J'avais pensé que ce serait une gentillesse sans conséquence.

— La gentillesse n'est jamais sans conséquence.

Gunnar me força à me relever. Il marcha autour de moi comme un chat qui étudie sa proie, touchant un mamelon de temps en temps, une mèche de cheveux ou caressant une zone sensible.

— Si tu ressens de la compassion pour quelqu'un, cette personne a une emprise sur toi et, un jour, elle s'en servira.

Il s'approcha de mon oreille.

— As-tu une idée de l'âge que j'ai ?

Je secouai la tête.

— Non, fis-je en tentant d'empêcher ma voix de trembler. Vous ne me l'avez jamais dit.

— J'ai plus de mille ans. Le nombre exact d'années, de siècles, de mon existence sur Terre n'a plus vraiment d'importance. Je suis le dernier descendant d'une race éteinte. Ma langue natale n'existe plus. Je suis un homme sans pays, sans époque même, depuis très longtemps. Je pourrais aussi bien être un dieu.

— Vous devez vous sentir bien seul.

— Ah, la solitude !

Il me toucha délicatement la mâchoire du bout de son doigt. Je me mis à trembler.

— La solitude est le résultat des mensonges que nous nous contons à nous-mêmes. Quand j'étais prêtre au sein de mon peuple, j'ai eu beaucoup de temps pour comprendre ce qui est nécessaire et ce qui ne l'est pas.

— Tant de sagesse et tant de cruauté réunies. Comment un prêtre peut-il accorder aussi peu de valeur à la vie ?

Il me sourit avec amertume.

— Les hommes qui tombent de très haut sont ceux qui chutent le plus bas.

— Je ne vous comprendrai jamais.

Gunnar écarta sa main et en forma un poing, comme s'il avait attrapé quelque chose et qu'il essayait de le broyer.

— C'est donc une bénédiction que je ne ressente pas le besoin d'être compris de toi. Quand on est aussi vieux que moi, on se rend compte que la compagnie des autres, les accolades de nos semblables, l'amour d'une femme sont comme le chatoiement de la neige, qui disparaît dès que le temps change. Et qu'il vaut mieux s'en remettre à la solidité du sol sur lequel on pose les pieds.

— Mais pourquoi prenez-vous plaisir à détruire les gens ?

— Parce que je les déteste… je déteste leur faiblesse, leur stupidité. Si j'en trouve un seul qui mérite ma compagnie, celui-là, je l'épargnerai.

— Mais votre cruauté le pousserait à se retourner contre vous au départ.

— Peut-être, fit-il en hochant la tête. Peut-être que je suis destiné à errer sur Terre jusqu'à ce que même les machinations de la mort en viennent à m'ennuyer.

Pendant un moment, il sembla perdu dans ses rêveries. Puis, subitement, il me tira jusqu'au lit et me prit sans pitié, m'écartant les jambes et me pénétrant douloureusement, retenant mes poignets coincés contre le matelas. Pendant tout ce temps, il me fixa dans les yeux avec une expression satisfaite. Je regardai ses yeux blancs pendant qu'il me labourait, espérant qu'il ne sache pas lire mon plan dans mon regard.

Je tentai de ne pas me laisser exciter par ses mouvements, mais son poids sur moi et sa queue qui touchait aux profondeurs de mon corps finissaient toujours par faire monter en moi un désir pour lui, même quand j'essayais de toutes mes forces de nourrir ma haine.

Quand ce fut terminé, il m'installa entre les chaînes qu'il utilisait habituellement pour ses repas et entrava mes mains et mes pieds ensemble. Puis il m'attacha par les chevilles à une colonne du lit afin que je ne puisse pas me lever.

— C'est ainsi que l'on asservissait les esclaves, chez les miens. Quand on finissait par offrir des vêtements à une femme et qu'elle pouvait dormir sur de la paille, elle était reconnaissante. Très reconnaissante, en fait. Pour ma part, j'ai asservi beaucoup d'esclaves.

— C'est donc cela que je suis pour vous ?

— Bien sûr. Que pourrais-tu être d'autre ?

Je ne sais comment, mais je finis par dormir.

Je me réveillai avec l'impression que quelqu'un tirait sur mes chaînes et je trouvai devant moi un des hommes de Gunnar qui me lorgnait. Il se dégageait de lui une odeur de rhum et d'excréments. Je me préparai à lui casser le nez, mais je me rendis compte qu'il avait un trousseau de clés et qu'il était sur le point de me libérer. À l'extérieur de la cabine de

Gunnar, c'était le chaos. J'entendais des bruits de canons, des pas qui résonnaient et des cris. Une odeur de sang, de poudre à canon et de peur flottait dans l'air.

— Que se passe-t-il ? demandai-je.

— On nous attaque, répondit-il, laissant traîner son regard servile et dégoûtant sur mon corps. Le capitaine voulait que je détache vos chaînes pour que vous puissiez mourir debout.

Tenant la clé fermement, il m'empoigna un sein. Ses mains étaient rudes et moites. Ses ongles étaient noircis par la saleté accumulée au fil des années.

— Très bien, fis-je.

Il y a des moments, dans la vie, où le désespoir devient glorieux, et c'en était un. Les bruits d'un navire en maraude et l'air de défi que j'avais vu dans les yeux du prisonnier français, combinés aux puissants battements de mon cœur me donnèrent la force de saisir ma chance. J'attrapai le pirate par le poignet et lui cassai le bras au niveau du coude. Il était trop surpris pour crier, trop étonné pour faire autre chose que regarder bouche bée son bras qui pendait d'étrange manière. Je lui cassai le cou. Je me saisis ensuite de son épée et de ses clés, et me dépêchai de déverrouiller les lourdes menottes et les chaînes.

Gardant l'épée et les clés à portée de main, je me vêtis rapidement et m'accroupis à côté du pirate mort pour sortir son poignard de son fourreau et le glisser dans ma botte, prenant bien soin de ne pas m'écorcher avec la lame sale et encroûtée. Ces soins tenaient davantage de l'habitude et du dégoût que d'une réelle nécessité. Grimaçant, je crachai sur les traits déformés du pirate.

Sur le pont, je regardai de tous côtés à la recherche de Gunnar, prête à lui arracher le cœur si c'était nécessaire. Je me demandais si j'étais assez forte pour le faire, ignorant si le tuer était seulement possible. Par chance, je ne le vis pas. Je croisai d'autres hommes sur mon chemin, mais il ne me fut pas difficile de les tuer. Quand j'y repensai plus tard, je fus surprise de la facilité avec laquelle j'avais tué tous ces gens, ce soir-là. J'avais l'impression que mon corps faisait ce qu'il avait à faire pendant que je le regardais de loin.

Dans la confusion générale, personne ne sembla remarquer les gestes que je posais, comme lorsque je transperçai un homme avec l'épée du pirate et que je lui pris ses pistolets. J'attachai ses étuis sur moi et glissai un second poignard dans ma botte, puis je continuai mon chemin, l'épée en main, jusqu'à la cale du navire. Je n'avais pas prévu libérer les prisonniers si vite, et je ne savais pas s'ils étaient en état d'être libérés. Toutefois, je me rendais compte que c'était là notre seule chance d'y arriver. Si l'équipage du bateau ennemi ne nous tuait pas, Gunnar le ferait. Et si jamais il ne me tuait pas, il allait ensuite s'assurer que je ne puisse plus jamais m'évader. Et mon sauveur français serait disparu à jamais.

— Que se passe-t-il, cria Jean aussitôt que j'ouvris la porte.

Je lui fis signe de se taire et regardai dans la direction de Claude-Michel, qui me regardait telle une bête sauvage piégée. Je n'avais jamais été témoin d'une transformation. La peau cireuse, les yeux creux et les cheveux mous, il avait l'air d'un cadavre qui lançait des regards furieux.

J'eus de la difficulté à le quitter des yeux pour parler à Jean.

— Si tu veux que toi et ton maître sortiez d'ici vivants, tu devras obéir à mes ordres.

Jean semblait sur le point d'éclater en sanglots. Ses lèvres tremblaient.

— T'as compris ?

Il hocha la tête.

— Oui, Madame[30].

Je m'agenouillai et le libérai, puis lui remis mon épée et lui dis de soutenir François pendant que je le libérais à son tour. J'en profitai pour lui expliquer que nous étions attaqués et que nous aurions à nager jusqu'à la rive en traînant les deux hommes. Claude-Michel marmonna dans sa barbe.

— Je ne sais pas nager, fit Jean.

— Eh bien, répondis-je, tu feras comme tu peux.

Quand je m'approchai des menottes de Claude-Michel, celui-ci me les arracha.

— Éloignez-vous de moi ! fit-il en essayant de s'asseoir.

Du sang lui dégoulinait sur le menton pendant qu'il parlait.

— Ce sont vos nouvelles dents qui poussent, fis-je, comme s'il pouvait y comprendre quoi que ce soit.

— Je vous tuerai, répondit-il, mais cette fois, il ne m'empêcha pas de lui enlever les menottes. Personne ne me fait des choses comme ça à moi.

— Peut-être que vous me tuerez. Ou peut-être que, lorsque vous serez plus fort, vous me remercierez. Pour l'instant, il faudra me faire confiance. Savez-vous nager ?

Il ne répondit pas.

30. N.d.T. : En français dans le texte original.

— Eh bien, fis-je en défaisant les chaînes qui entravaient ses chevilles et en le soulevant. Nous verrons si c'est le cas. Quoi qu'il en soit, Monsieur[31], vous êtes maintenant libre.

Je l'accrochai sur mes épaules et fis signe de la tête en direction de François.

— Fais ce que tu peux avec lui. Nous allons les jeter par-dessus bord, puis sauter tout de suite après. Il faudra garder leur tête hors de l'eau.

— Et si je me noie ? demanda Jean.

— Alors, tu vas peut-être mourir. Mais si tu restes ici, tu vas très certainement mourir. On y va.

Parce que son corps était amaigri et grâce à ma force de vampire, Claude-Michel me parut aussi léger qu'un bébé. J'espérais que François fut inconscient et qu'il n'allait pas rendre la tâche trop difficile à Jean. Je ne m'attendais pas à ce que les trois survivent, mais j'allais m'assurer que Claude-Michel s'en sorte vivant.

Une fois sur le pont, nous nous trouvâmes entourés de nuages de fumée noire qui nous empêchaient de bien voir. Même moi, je ne m'y retrouvais plus. Des hommes criaient et lançaient des jurons à mesure que les attaquants montaient à bord. Je ne les voyais pas, mais j'entendais leurs voix. C'étaient des Italiens, peut-être des pirates, ou des marins. L'important n'était pas ce qu'ils étaient, mais le fait qu'ils puissent servir de leurre, pour moi et mes compatriotes.

— Suis-moi de près ! criai-je à Jean en me dirigeant vers le bastingage.

Je fonçai dans un homme dans la fumée.

— Qu'est-ce que… ? cria-t-il, puis se retourna vers moi.

31. N.d.T. : En français dans le texte original.

Je vis que c'était le Cockney. Il sourit.

— Oh, vous êtes sortie, comme ça ?

— Oui[32], répondis-je en laissant tomber Claude-Michel sur le sol. Pardonnez-moi, Monsieur[33], lui dis-je pendant qu'il se recroquevillait.

Je ne bougeai pas mon épée assez vite, et le Cockney esquiva mon coup. Il donna un coup vers le bas. Je sentis une pression et de la chaleur dans ma cuisse gauche. Pendant que le sang épais et chaud commençait à salir mon pantalon, je sentais qu'il se passait autre chose plus profondément dans mon muscle, et je sus que déjà, ma blessure commençait à guérir. Le Cockney ressortit son épée de ma jambe, mais pas assez vite pour m'empêcher de lui trancher la gorge d'un coup de poignard.

Je le laissai à moitié mort sur le pont et relevai Claude-Michel. Il me lança un regard furieux, mais ne résista pas. Jean me regardait d'un air qui ressemblait à de l'émerveillement, puis il jeta un coup d'œil à ma blessure.

— Vous allez vous vider de votre sang.

— Non, lui répondis-je. Fais attention de ne pas glisser.

Nous n'étions qu'à quelques mètres du bastingage. Plus bas, les vagues roulaient sous le bateau.

— Nage, ai-je chuchoté à Claude-Michel avant de le passer par-dessus bord.

Je me retournai vers Jean. On entendit un plouf. Les yeux de Jean s'écarquillèrent.

— Celui-là aussi, fis-je rapidement en montrant François, qui avait de nouveau perdu connaissance.

32. N.d.T. : En français dans le texte original.

33. N.d.T. : En français dans le texte original.

J'étais pressée de suivre Claude-Michel, car j'avais peur que les requins s'en emparent ou qu'il se noie.

Jean secoua la tête.

— Allez ! criai-je. Ton maître est déjà dans l'eau. Il a besoin de nous !

Je tirai François des mains de Jean et le fis passer par-dessus bord, puis je me retournai vers Jean.

— Laisse tomber ton épée et saute.

Il secoua la tête encore une fois, brandissant son épée devant moi.

— Je ne peux pas...

— D'accord. Mais ton maître est dans l'océan. Si tu veux être avec lui, tu devras me suivre.

Je me retournai, repérai le corps de Claude-Michel qui se débattait dans l'eau et sautai par-dessus bord.

Je l'attrapai comme un poisson frétillant et tins sa tête hors de l'eau. De l'eau jaillit de sa bouche.

— Jean..., fit-il.

— Il s'en vient, répondis-je sans y croire vraiment. Mais il nous faut trouver François.

J'examinai la surface de l'eau, mais ne le trouvai pas.

— Retiens ton souffle, fis-je en regardant Claude-Michel avec intensité. Tu peux le faire ?

Me regardant toujours de son regard furieux, il remplit ses poumons et plongea avec moi sous l'eau. Je localisai François, coincé sous un bout de bois que je n'avais pas remarqué. Je demandai à Claude-Michel de nager sur place et me dirigeai vers François. Je le tirai de toutes mes forces et finis par déprendre sa chemise des éclats de bois auxquels elle était accrochée. Les yeux semblaient lui sortir de la tête. J'étais sûre qu'il était mort. Je l'installai sur la planche de bois, ses bras pendant de l'autre côté.

Claude-Michel tenta de nager vers moi. Quelque chose explosa près de nous, ce qui propulsa une colonne d'eau dans l'air et nous souleva tous deux. Malgré cela, je parvins à attraper les mains et les bras glissants de Claude-Michel et à le tirer vers la planche, où gisait le corps de François.

— Accroche-toi à ça, fis-je à Claude-Michel. Reste avec lui, il a besoin de toi.

Claude-Michel regarda François d'un air affligé.

— Il va s'en sortir, lui dis-je.

Quelque chose remonta à la surface de l'eau et se mit à se débattre férocement. Espérant qu'il s'agisse de Jean, et que Claude-Michel soit en état de rester accroché à la planche, j'inspirai une grosse bouffée d'air et plongeai dans sa direction. Des membres qui ressemblaient à des tentacules de pieuvre s'accrochèrent à moi, me tirant vers le bas. Puisque je savais qu'il y avait peu de risque que je me noie, je n'avais pas peur. Je pus prendre mon temps pour faire le tour de Jean et me placer derrière lui, où ses mains ne pouvaient plus m'atteindre. Je le remontais ensuite à la surface, tandis qu'il se débattait comme une bête enragée.

— Arrête ça ! lui criai-je dès que nous remontâmes à la surface. Arrête ça !

De l'eau jaillit de ses poumons. Il vomit les restes de son dernier repas, haletant et regardant autour de lui avec des yeux fous.

— Ça va aller. Je te tiens. Ton maître va bien. On y va.

Je parvins à le hisser sur la planche. Il regardait partout en bougeant rapidement des yeux et en dilatant ses narines comme s'il était sur le point de se remettre à paniquer. Je tentai de le calmer en lui tapotant la tête.

— Calme-toi, mon garçon, fit Claude-Michel avec la voix d'un vieil homme. Sinon, je…

Il s'arrêta et s'accrocha à la planche, luttant pour sa propre vie.

— Merde[34], fit-il en me regardant d'un air désespéré.

34. N.d.T. : En français dans le texte original.

CHAPITRE HUIT

Je ne sais trop comment, mais nous réussîmes à passer la nuit. Une fois sur la berge, je trouvai quelqu'un d'assez aimable pour nous conduire en ville afin que je puisse nous trouver une chambre, que je payai avec l'argent dérobé dans la cachette de Gunnar.

Les deux amis dormaient dans le lit tandis que Jean s'était installé sur le canapé. Je dormis à peine. Je restai éveillée auprès de Claude-Michel et de François comme s'ils étaient des bébés naissants. Je décidai que je descendrais à la recherche d'un nouveau violon pour Claude-Michel, dès qu'ils seraient en assez bonne forme pour rester seuls quelques heures. Cette pensée me permettait de ne pas perdre le moral.

Ils dormirent en silence jusqu'à ce que Claude-Michel se réveille en criant lors de la troisième nuit.

— Où suis-je ? demanda-t-il.

Jean s'était réveillé en sursaut, mais c'était à moi que revenait de recoucher Claude-Michel. Il était maigre, desséché et gris. Ses yeux étaient enfoncés et cernés de mauve, et ses dents étaient tombées. De nouvelles dents étaient en train de se frayer un chemin au travers de ses gencives, et il s'était déjà blessé la langue plusieurs fois sur ses nouveaux crocs.

Il se calma, puis me regarda.

— Vampire, murmura-t-il.

— Chut, lui fis-je rapidement. Vous êtes en train d'en devenir un, vous aussi. Nous serons en danger si vous alertez les gens.

— C'est toi qui m'as fait ça, siffla-t-il.

Derrière lui, François luttait comme s'il tentait de se soulever. N'y arrivant pas, il tourna la tête dans notre direction.

— Voyons, Claude-Michel, ne sois pas mauvais joueur. Tu voulais retrouver ta liberté, non ?

Claude-Michel roula la tête dans la direction de son ami. François lui sourit. Son visage pâle, avec ses yeux rouges et creux, faisait peur.

— Es-tu mort ? demanda Claude-Michel. Tu as un air épouvantable.

— Mais je suis guéri. Regarde.

Claude-Michel regarda François lever son bras. La blessure était enflammée et coulante, mais la plaie était refermée.

— C'est impressionnant, dit Claude-Michel.

— Vous serez sur pied dans quelques jours. Ensuite, vous serez prêts à vous nourrir.

Claude-Michel me regarda d'un air méfiant.

— Qu'allons-nous manger ?

— Vous en aurez envie quand le temps sera venu. Faites-moi confiance.

Il hocha la tête et s'étendit de nouveau sur le matelas, respirant avec difficulté et m'examinant du coin de l'œil.

— Et qui risquerais-je d'alerter, en lui apprenant que sa maison est remplie de monstres ?

— L'aubergiste. Il a fallu que je le convainque que Monsieur[35] Villaforte et vous n'étiez pas atteints de la peste. Il a fini par accepter de nous donner une chambre avec deux lits afin que je puisse vous soigner plus facilement. Je ne sais pas si nous sommes vraiment en sécurité ici.

— Depuis quand ? demanda Claude-Michel en soupirant.

— Vous dormez depuis trois jours. Vous rappelez-vous avoir été dans l'eau ?

Claude-Michel ferma les yeux et hocha la tête comme s'il lui fallait toute sa volonté pour y arriver.

— Je me souviens. À peine.

— Nous avons passé toute la nuit dans l'eau. Il y a eu un requin qui est passé près de nous, mais je lui ai donné un coup de couteau.

— Un requin, fit-il. Je devais dormir. Où est Jean ? demanda-t-il, soudainement parfaitement éveillé.

— Je suis ici, Monsieur[36], répondit Jean doucement.

Claude-Michel leva une main qui paraissait très frêle devant ses yeux, tressaillit à la vue des croûtes qui s'étaient formées sur ses poignets, là où les menottes les avaient irritées.

— Je n'ai que 44 ans. Ces mains étaient fortes… il y a à peine quelques jours de cela, elles étaient fortes.

---

35. N.d.T. : En français dans le texte original.

36. N.d.T. : En français dans le texte original.

Je me suis rappelée à quel point je m'étais sentie triste lorsque j'avais perdu ma beauté pendant ma transformation. Sa douleur me toucha.

— Elles seront fortes à nouveau.

Je tendis la main vers son bras, mais il recula d'un air renfrogné.

— Vos mains seront plus fortes que jamais auparavant. Vous ne deviendrez jamais vieux et jamais vous ne mourrez. Cela ne suffit-il pas à vous réconforter pendant votre guérison ?

— Cela me semble une bonne affaire, dit François en refermant les yeux.

Claude-Michel baissa les yeux pendant un instant, puis me regarda sans broncher. Pendant un moment, je me sentis heureuse de voir la vie réapparaître dans ses yeux. Puis il parla, et il me brisa le cœur.

— Je ne peux penser à rien d'autre qu'à ma femme et à mes enfants morts. Tant que je n'aurai pas tué les salauds qui ont fait ça, je ne trouverai aucun réconfort.

— Claude-Michel, fit François, nous sommes libérés de tout ça, maintenant.

— Et aujourd'hui, continua Claude-Michel en ignorant François, aujourd'hui, tu me dis que je devrai vivre avec cette peine pour toujours. Sans que jamais la mort ne m'en libère ?

— Peut-être changerez-vous d'avis lorsque vous vous sentirez mieux, dis-je en me levant.

— Oui[37], dit François. Oublie ton idée de vengeance et commence ta nouvelle vie, mon ami[38]. Nous serons ta nouvelle

37. N.d.T. : En français dans le texte original.

38. N.d.T. : En français dans le texte original.

famille. Une famille de monstres magnifiques qui s'apprêtent à devenir maîtres du monde.

Je me forçai à sourire en direction de Claude-Michel.

— Je vais revenir bientôt, Monsieur«. Il est important que vous vous reposiez encore. Il nous faudra encore traverser des moments difficiles.

François se retourna vers moi.

— Que veux-tu dire par là ?

— Cela signifie que notre nourriture ne nous attendra plus patiemment dans nos assiettes, François, répondit Claude-Michel en tournant le dos à son ami. Nous sommes transformés à jamais.

Au cours des jours qui suivirent, ils reprirent de la couleur et leurs dents finirent de pousser. C'est un processus douloureux qu'on ne pouvait soulager à l'époque. Par contre, une fois toutes ses dents poussées, le vampire n'a plus qu'une chose en tête : manger. Claude-Michel en arriva là avant François.

Il m'appela, paniqué. Il avait les yeux écarquillés et l'air dément.

— Chloé !

Il s'assit et laissa tomber ses jambes sur le côté du matelas. Jean se précipita vers lui.

— Qu'y a-t-il, Monsieur[39] ?

Claude-Michel le regarda comme s'il était un fantôme. Je reconnus la lueur de la première faim dans ses yeux. Jean

39. N.d.T. : En français dans le texte original.

s'avança vers lui. Claude-Michel étendit la main comme s'il voulait repousser un démon.

— Ne t'approche pas !

Je savais qu'il ressentait une faim comme il n'en avait jamais ressenti, qu'il pouvait entendre le glissement du sang dans les cavités cardiaques du garçon, et que cela enflammait son ventre et ses reins.

— Ne t'approche pas ! répéta-t-il.

François le regardait avec une expression horrifiée.

— Mais Monsieur[40]...

Le garçon semblait anéanti. Je m'assis à côté de Claude-Michel.

— Ne vous en faites pas, lui dis-je. Jean peut nous nourrir tous les trois.

Le corps de Claude-Michel se raidit. Il me regarda d'un air dégoûté. Puisque je comprenais ce qu'il ressentait, et puisque j'étais soulagée qu'il aille aussi bien, il me fallut retenir une envie de rire.

— Jean ? Mon Jean ? Je ne le tuerai pas, affirma-t-il en écartant la main.

Il se releva lentement, maladroitement. Je me relevai aussi.

Jean recula, les yeux écarquillés. Claude-Michel avait grandi de quelques centimètres.

— Ce n'est pas obligé, répondis-je. Gunnar tuait par plaisir et non par nécessité. Ce que nous faisons, c'est un peu comme traire une vache. Nourrissez-vous de lui, Claude-Michel. C'est naturel.

Je me tournai vers Jean.

— Viens ici. Aide ton maître.

---

40. N.d.T. : En français dans le texte original.

— Mais…

Jean tremblait de tout son corps.

— Allez, viens. Il ne te tuera pas. Ça fera juste un petit peu mal.

Il hocha la tête et s'approcha de Claude-Michel, l'air hésitant. Je regardai par-dessus mon épaule pour voir comment François réagissait à tout cela. Il regardait, fasciné. Jean continuait à me regarder. Je lui fis un signe d'encouragement de la tête. Jean regarda alors son maître d'un air déterminé et l'aida à s'asseoir sur le matelas.

C'était Claude-Michel qui me lançait maintenant des regards nerveux. Je lui souris, même si l'idée de voir quelqu'un se nourrir me donna de nouveau la nausée.

— Prenez votre temps, fis-je. Trouvez la veine.

Claude-Michel regarda Jean avec des yeux fous. Le domestique devait maintenant lever la tête pour regarder son maître, même s'ils étaient assis côte à côte. Il prit Jean dans ses bras, le recula doucement et baissa la tête comme s'il s'apprêtait à l'embrasser dans le cou. Il prit une grande inspiration. Je me dis que l'odeur devait l'avoir envahi ; une odeur de sang, de chair tiède et de sexe. Il ferma les yeux un instant. Puis, il pressa ses lèvres contre le cou du domestique et goûta délicatement du bout de la langue. À mon premier repas de vampire, je ne savais pas si j'allais comprendre quoi chercher, mais j'avais clairement senti le mouvement du sang sous la peau. J'avais alors su exactement où presser les bouts pointus de mes crocs.

Jean émit un cri aigu, semblable à celui d'une souris prise au piège. Claude-Michel posa sa main sur la bouche de Jean, puis le força à se calmer. Je m'agenouillai à côté du lit et empêchai les jambes du jeune homme de bouger. Claude-Michel fit pénétrer ses crocs avec un peu trop d'enthousiasme, ce qui fit crier Jean. Je me sentais mal pour le garçon, qui semblait terrifié, mais je savais que Claude-Michel allait bientôt savoir comment rendre ce moment agréable pour son domestique.

Tandis que je le regardais, je ne pouvais m'empêcher de penser au goût de viande du sang et à sa chaude sensation dans la bouche. C'était tout ce que je pouvais faire pour ne pas avoir des haut-le-cœur, car je ne voulais pas gâcher ce moment pour Claude-Michel. Peu de temps après, Claude-Michel s'écarta. Il avait la bouche entrouverte et regardait Jean avec un air à la fois tendre et perplexe. Les yeux de Jean, encore ouverts, commençaient à devenir vitreux. Il gémit. Claude-Michel lui caressa la joue avec le dos de ses doigts.

— Chut, fit-il. J'ai terminé.

Jean hocha la tête et ferma les yeux. Claude-Michel se retourna vers moi. Je lui souris.

— Mon corps a envie de faire l'amour, mais tout ce qui m'intéresse, c'est de dormir.

— C'est normal. Vous voudrez autre chose après, mais pour l'instant, dormir est la meilleure chose que vous puissiez faire. Et lui aussi, d'ailleurs.

Claude-Michel regarda Jean, dont le regard était vide. Il sembla revenir à lui pendant un court instant, au cours duquel il regarda Claude-Michel avec curiosité.

— Que va-t-il advenir de lui ? demanda Claude-Michel.

— Il deviendra plus fort qu'avant, mais ne sera pas aussi fort que nous. Bientôt, il pourra nous offrir beaucoup de sang. Si nécessaire, il pourrait être notre seule source d'alimentation.

— Mais il nous faudra d'autres personnes ?

— Ce serait mieux, oui.

Claude-Michel fit un effort pour retourner dans son lit.

— J'ai des picotements dans les bras.

— C'est bien, répondis-je en aidant Jean à s'installer dans le lit à côté de son maître. Reposez-vous.

Je me tournai vers François.

— Vous aurez bientôt faim, vous aussi.

Le lendemain, Claude-Michel était un homme nouveau. Lorsque je me réveillai, je le vis appuyé sur un coude, penché au-dessus de Jean endormi. Il passait ses doigts dans les cheveux du domestique. Je ne pus m'empêcher de ressentir de la jalousie. Après tout, j'avais pris tant de risques pour sauver Claude-Michel et j'avais une immense envie d'être touchée par lui.

Je repoussai ces pensées et me levai du canapé.

— Comment vous sentez-vous ?

Il me regarda d'un air si joyeux que cela compensa pour la jalousie que j'avais ressentie.

— Je peux voir des choses minuscules ramper sur les murs. Et entendre les souris faire l'amour dans leur trou. Je ne sais pas si c'est une bonne chose.

— Vous vous y habituerez, fis-je en souriant.

J'observai ses ongles qui avaient poussé rapidement.

— Je sais, j'aurais besoin d'une bonne manucure.

— Quand vous vous serez habitué à votre nouvelle ouïe, vous n'écouterez plus que ce qui est important.

— Je ne t'ai pas vue te nourrir.

— Je ne peux rien prendre pour l'instant parce que mon corps est… Gunnar a appelé ça être « en phase ». C'est quelque chose que tous les vampires traversent à un moment. Ils perdent alors leur appétit pour ne pas créer accidentellement d'autres vampires. Ce n'est qu'à ce moment-là que la morsure cause une transformation.

— Ça arrive à quelle fréquence ?

— Je ne sais pas. Pas très souvent. Gunnar semblait surpris que ça me soit arrivé aussi tôt. Cela ne fait pas… Cela ne fait pas longtemps que je suis une vampiresse.

Claude-Michel leva ses doigts vers mon visage.

— Je te suis reconnaissant. Je ne m'étais jamais senti aussi bien.

Je souris.

— J'en suis contente.

— Je veux me lever, fit-il en s'assoyant sur le bord du lit.

Jean se retourna, mais il continuait à dormir profondément. Je regardai François, dont les yeux étaient à peine entrouverts.

Je voulus aider Claude-Michel à se relever, mais il me fit signe de m'écarter.

— Je ne suis pas un vieil homme, me dit-il avec impatience.

Il fit quelques pas en traînant. Il avait l'air d'un homme ivre.

— Au début, il vous sera difficile de vous déplacer. Vous avez plusieurs centimètres de plus qu'avant. La croissance est douloureuse, mais la douleur s'estompera d'ici quelques jours.

— Je suis plus grand ?

— Oui, Monsieur[41]. Vous êtes devenu une autre espèce d'homme. Une créature différente. Un homme supérieur.

41. N.d.T. : En français dans le texte original.

C'est à ce moment précis que mon regard s'égara et que je remarquai la bosse entre ses jambes. Je détournai le regard rapidement, en rougissant. Mais il avait remarqué. Il inclina la tête et me sourit.

— Je pense qu'il serait temps que je vois de quoi le corps d'un vampire est capable.

Mon cœur fit un bond à l'idée que j'allais enfin être touchée par lui. Je lui souris à mon tour, mais il se retourna vers le garçon endormi. Je baissai la tête, contente qu'il ne puisse voir les larmes qui me montaient aux yeux. Par contre, François les vit. Il nous observait en silence de son lit. J'eus l'impression d'apercevoir une lueur de satisfaction dans ses yeux. Je lui lançai un regard noir, puis me laissai tomber sur le canapé.

Malgré ma déception, j'étais fascinée par l'absence d'inhibition dont faisait preuve Claude-Michel. Il ouvrit le pantalon de Jean et le tira sous les hanches délicates du jeune homme. J'aurais tellement souhaité être à sa place. Jean reprit conscience et gémit.

— As-tu peur? demanda Claude-Michel quand le garçon fut à moitié nu.

Jean hocha la tête rapidement. Claude-Michel lui caressa les cheveux avec de grands gestes.

— Tout va bien. Je suis encore ton maître.

— Mais vous êtes plus grand.

— Est-ce que tu as l'impression que je ne suis plus le même? fit Claude-Michel en roucoulant.

Jean hocha de nouveau la tête.

— Vous avez l'air... plus vivant, répondit-il avant de tourner sa tête sur l'oreiller comme un ange endormi. Je ne sais plus ce que je dis.

Claude-Michel eut un petit rire.

— Je suis sûr que tu en sais plus que ce que tu crois. Maintenant, je vais m'amuser avec toi, et toi, tu vas m'écouter, comme toujours. C'est bon ?

Jean se retourna vers lui et hocha la tête.

— Oui.

Il ne regarda pas son maître pendant que celui-ci testait ses nouveaux sens, qu'il cherchait tous les meilleurs endroits sur le corps de Jean avec son nez et ses doigts. Pendant que j'observais la scène, mes doigts se mirent à explorer mon corps, descendant entre mes jambes. Je me mis à haleter en même temps que Jean le faisait, en réponse aux attentions de Claude-Michel. Puis son maître ouvrit son propre pantalon et ordonna au jeune homme de se retourner sur le ventre. François, couché juste à côté d'eux, les observait avec des yeux brillants. Claude-Michel pressa son corps contre celui du domestique et lui embrassa tendrement la nuque, chuchotant « Cher[42] » plusieurs fois de suite d'une voix rauque. Je voulais entendre cette voix dans mon oreille. Je voulais fermer les yeux et me laisser aller au son de cette voix, mais je me forçais à les garder grand ouverts, à regarder Claude-Michel pour apprendre comment il faisait l'amour.

Une chaleur se répandit à partir de l'endroit où mes doigts s'activaient entre mes jambes. Elle descendit le long de mes cuisses et monta dans mon ventre pendant que Claude-Michel ordonnait à Jean de se placer à quatre pattes. Le garçon lui obéit rapidement, mais cria lorsque son maître entra en lui d'un seul coup.

---

42. N.d.T. : En français dans le texte original.

Claude-Michel ne connaissait pas encore sa force. Jean chuchota plusieurs fois « Vous êtes en train de me tuer, Monsieur[43] ». Plusieurs fois, Claude-Michel ralentit, tout en empoignant les hanches du garçon et en l'attirant contre lui, laissant des empreintes qui deviendraient sûrement des ecchymoses.

43. N.d.T. : En français dans le texte original.

CHAPITRE NEUF

Le lendemain matin, François et Jean observèrent Claude-Michel passer au travers d'un tas de vêtements que j'avais acheté la veille dans une boutique du quartier.

— C'est vraiment étrange que l'aubergiste ne soit pas venu nous rendre visite étant donné le piteux état dans lequel nous étions à notre arrivée ici.

— Mais il est venu, répondis-je. Quand vous dormiez. Le lendemain de notre arrivée.

François et Claude-Michel se regardèrent.

— Pendant que nous dormions ? fit Claude-Michel. Et tu l'as laissé entrer ?

— C'est son auberge, Monsieur[44], dis-je rapidement.

44. N.d.T. : En français dans le texte original.

— Quand nous louons une chambre, ça devient notre chambre, répondit-il en crachant le « louons » comme si c'était quelque chose de sale.

François se releva sur un coude et tenta d'avoir l'air éveillé. Ses dents avaient poussé, et il avait pris son premier repas quelques heures plus tôt. Jean dormait profondément à côté de lui sur le lit.

— Je ne voulais pas l'inquiéter. Il se demande déjà quel genre de maladie vous pouvez bien avoir.

— Que lui as-tu dit? dit Claude-Michel, ne pensant plus au pantalon qu'il avait dans les mains.

— Je lui ai simplement dit que vous aviez été enchaînés dans un cachot et que ça vous avait affaiblis.

Je regardai par hasard à ce moment-là dans la direction de François, qui m'observait d'un air étrange. Ses yeux bleus brillaient d'une étrange intensité qui m'inquiéta. Je détournai le regard et tentai de ne plus y penser, mais mes yeux revinrent vers lui quelques secondes plus tard. Il continuait à me dévisager, alors je me retournai vers Claude-Michel.

— J'aimerais vous dire, Monsieur[45], que vous allez bientôt avoir l'impression d'être l'homme le plus fort au monde. Cependant, il vaudrait mieux que vous n'agissiez pas comme tel.

Claude-Michel hocha la tête et posa le pantalon, puis s'approcha de moi lentement, souriant comme un jeune homme.

— Jouer au faible...

— Oui, Monsieur[46]. À moins que nous partions dès maintenant, mais...

---

45. N.d.T. : En français dans le texte original.

46. N.d.T. : En français dans le texte original.

Je cessai de parler quand il étendit le bras et posa la main sur le côté de ma mâchoire. Mon cœur se mit à battre à tout rompre. Je me demandais si je pouvais espérer qu'il me désire, mais je devais d'abord m'assurer qu'il comprenne la situation difficile dans laquelle nous nous trouvions.

— Je ne sais pas comment vivre dans ce monde. Tel que nous sommes.

— Nous devrons faire attention, répondit-il en me regardant dans les yeux. Nous resterons ici pendant un certain temps. J'aimerais m'informer un peu en ville au sujet d'une vieille connaissance.

François soupira bruyamment.

— Une connaissance ? demandai-je.

— Oui.

— Peut-être que si vous me dites de qui il est question, je pourrai m'informer pour vous quand je sortirai ce matin.

— Tu vas encore sortir ? demanda François.

Claude-Michel lui lança un regard par-dessus son épaule, puis se retourna vers moi avec un air interrogateur.

— Oui. Je ne peux pas attendre que vous soyez tout à fait guéri avant de commencer à chercher d'autres sources de nourriture. Et je voudrais éviter d'épuiser Jean.

Claude-Michel hocha la tête et s'écarta, s'intéressant de nouveau à ses vêtements.

— Je vois. Il n'y a aucune raison pour que tu ne fasses pas selon tes plans.

Je sentis mes sourcils se froncer, et je me demandai si j'avais fâché Claude-Michel d'une façon ou d'une autre. Je tentai de sourire, sachant qu'il serait, sans l'ombre d'un doute, heureux d'avoir un violon.

— Je reviendrai vers midi. Vous devriez être prêts à entreprendre un voyage dans environ deux jours.

— Ce sera intéressant de regarder le monde avec de nouveaux yeux, fit Claude-Michel en regardant les vêtements.

Je me dirigeai vers la porte et m'attardai un peu pour voir si François continuait à me regarder — c'était le cas —, puis je sortis.

Lorsque j'arrivai près de l'escalier, ils commencèrent à parler. Je descendis la moitié des marches, puis je m'arrêtai pour écouter.

— Penses-tu qu'elle dit la vérité, Claude-Michel ? Qu'elle cherche vraiment d'autres personnes ?

— Peut-être qu'elle ment, répondit Claude-Michel. Mais je ne vois pas quel avantage elle aurait à le faire.

J'écoutai, les nerfs tendus. Je me demandais pourquoi il ne m'avait pas défendue. Après tout, n'avais-je pas risqué ma vie pour le sauver ?

— Peut-être qu'elle a envie de s'acheter quelques trucs, finit par dire Claude-Michel.

— Penses-tu qu'elle laisse, un peu partout en ville, des trous dans les cous des gens ? demanda François en riant.

Je sentais que sa voix était différente. Il devait maintenant s'être levé et marchait dans la chambre. Il y avait, dans le ton de sa voix, une dérision qui ne me plaisait pas.

J'entendis Claude-Michel soupirer.

— Je ne sais pas ce qu'elle fait, mais je suis sûr qu'elle nous en fera part quand nous serons prêts à nous joindre à elle. Pourquoi es-tu méfiant ? C'est quand même elle qui nous a sauvé la vie, non ?

— J'ai toujours cru que les vampires gardaient des esclaves. Il sera difficile de garder notre état secret si elle se promène partout en ville et qu'elle mord les gens. Et puis, elle ne sait pas vraiment ce qu'elle fait. C'est elle-même qui l'a dit. Cet homme l'avait gardée prisonnière sur le navire pendant plusieurs mois. Il ne lui a pas montré quoi faire pour survivre.

— Elle sait ce qu'elle fait.

— Et si elle ne revient pas ?

— Que veux-tu dire ? Il n'y a pas un seul miroir dans cet endroit, marmonna-t-il.

— Si elle décidait que c'est trop difficile de vivre avec nous et qu'elle abandonnait le plan prévu pour nous… et nous aussi, par le fait même. Qu'on le veuille ou non, elle est la seule à pouvoir nous aider.

— Nous n'avons pas besoin qu'elle s'occupe de nous. Pourquoi ne te nourrirais-tu pas encore un peu de Jean ? Tu te sentiras mieux une fois que tu seras complètement guéri.

François ne répondit rien. Je m'apprêtai à partir quand je l'entendis dire :

— Puis-je te demander à qui tu as l'intention de rendre visite ici ?

— À Katarina, répondit doucement Claude-Michel. Je veux la retrouver.

Tout mon souffle quitta mon corps quand je l'entendis prononcer un prénom de femme. Je me sentais anéantie, pensant que je ne signifiais rien pour lui.

— Cette putain de gitane ? demanda François d'un ton incrédule. Et pourquoi, Claude-Michel ?

— Cette putain de gitane, répondit lentement Claude-Michel d'un ton égal, est dans mon cœur depuis la dernière fois que je l'ai vue. J'ai toujours gardé le violon de son père pour me rappeler cette époque. Maintenant, même ce violon n'existe plus. Les raisons que j'avais de résister à l'envie de la chercher sont disparues elles aussi.

— Elle est sans doute morte, maintenant, Claude-Michel. Sinon, elle doit être devenue une vieille sorcière. Que ferais-tu d'une vieille femme ?

— Je veux la revoir. Et je la trouverai.

François hocha la tête.

— Si c'est ce que tu désires…

Je partis, abasourdie. L'excitation que je ressentais à l'idée de trouver un violon pour Claude-Michel avait tout à fait disparu, et je commençai à penser qu'il valait peut-être mieux, effectivement, que je fasse des plans pour le quitter.

CHAPITRE DIX

Pendant un certain temps, j'ai simplement marché dans les rues, la gorge serrée. Malgré mon excellente vision de vampire, j'arrivais mal à voir au travers des larmes qui s'étaient formées dans mes yeux. Je savais, toutefois, que je ne pouvais les laisser couler. Je ne pouvais montrer une telle faiblesse dans la rue. Une femme seule, cela risquait d'attirer l'attention. Je savais que je pouvais me défendre, mais que se passerait-il ensuite? Si on découvrait que j'étais une vampiresse?

Les craintes découlant des menaces de Gunnar, de m'abandonner dans le premier village venu, remontèrent en moi. Je me demandais à quel point je me trouvais en danger. Toutefois, je me rendis compte qu'en fait, je ne m'en souciais guère. Je n'avais plus de famille et l'homme en qui j'avais mis tous mes espoirs ne s'intéressait pas à moi. Je n'avais plus personne. Je n'avais plus de raison de vivre.

Je décidai de rester quelques mois avec Claude-Michel et François pour veiller à ce qu'ils apprennent à survivre. Je me rappelai comment Claude-Michel me regardait dans la cale, et de nouveau les larmes me vinrent aux yeux. Puis, je me rappelai comment il avait joué. Il avait besoin d'un violon, pensai-je, même s'il n'avait pas besoin de moi. Je me mis donc en quête d'un violon.

Il était déjà midi quand j'en vis un premier. Sur une place, un jeune homme en jouait contre de l'argent. Le son était magnifique, et j'abordai le garçon. Tout d'abord, il ne voulut pas s'en départir. Je lui offris presque tout l'or que j'avais sur moi — assez pour qu'il puisse manger pendant toute une semaine et s'acheter un autre instrument. Il ne put résister à mon offre, et jeta un dernier regard plein de nostalgie à son instrument tandis qu'il l'enveloppait avec la pièce de tissu de chanvre dans laquelle il le transportait. Il me le tendit ensuite. Je lui donnai l'argent et commençai à revenir vers l'auberge, qui était à une heure de marche.

Ma réussite avait allégé mon humeur, et je me permis de ressentir un peu d'espoir. Je ne pensais pas que Claude-Michel put m'aimer, ni me désirer, mais j'espérais qu'il soit content de moi pendant quelque temps. Je pourrais alors me laisser aller à croire que la situation était différente de ce qu'elle était, au moins jusqu'au lendemain, quand il me faudrait commencer à planifier comment j'allais vivre seule.

Mon retour ne se passa pas exactement comme je l'avais prévu. C'était le milieu de l'après-midi, et Claude-Michel était très, très fâché.

Il me reçut à la porte. François était debout et semblait en bien meilleure forme qu'avant. Jean sirotait un verre de vin sur le canapé. Cependant, c'est Claude-Michel qui retint mon attention. Il faisait bouger sa mâchoire et dilatait ses narines avec colère. Ses yeux noirs avaient le même éclat que lorsque Gunnar avait cassé son violon.

— Claude-Michel… ? fis-je d'une voix hésitante.

— Dépose ça, dit-il en désignant mes paquets.

Je tentai de sourire, me disant que j'avais peut-être mal compris son intention.

— Pardonnez-moi, Monsieur[47], si ça a été si long. J'avais une course un peu étrange à faire et je ne savais pas par où commencer, mais je pense que ça vous fera plaisir…

Il avança vers moi.

— Je t'ai dit de déposer ça.

— Claude-Michel… commençai-je, mais je ne pus continuer.

J'avalai ma salive et me précipitai vers le lit, où je déposai mes paquets.

— Sur le sol, fit-il.

J'examinai son visage, tentant de comprendre pourquoi il était aussi fâché et ce que je pouvais avoir fait de mal, mais je n'osai pas le demander. Je regardai Jean, dont le regard incertain passait de moi à Claude-Michel. Puis je fis l'erreur de jeter un coup d'œil à François, qui se jeta sur le matelas en souriant.

---

47. N.d.T. : En français dans le texte original.

— J'adore le théâtre, dit-il.

Je tentai d'empêcher mes lèvres de trembler pendant que j'obéissais aux ordres de Claude-Michel.

Presque aussitôt, il me prenait par le bras et me tirait vers le lit.

— Claude-Michel… Quoi ?

Un instant plus tard, j'étais couchée sur ses genoux, la jupe relevée.

— Pourquoi faites-vous ça ?

C'était davantage un cri de panique qu'une véritable question.

Il ne répondit pas. Il commença simplement à me donner de grosses tapes sur le derrière jusqu'à ce que des larmes se mettent à couler sur mes joues. La mâchoire crispée, il parla :

— Quand tu dis que tu reviendras à midi, tu reviens à midi, pas quelques heures plus tard. Est-ce que tu comprends ?

Tout ce que je pouvais faire, c'était hocher la tête désespérément et haleter.

— Je vous en prie, Claude-Michel, l'implorai-je, agrippée au tissu de son pantalon, glapissant de douleur et de surprise.

— Ne crie pas !

J'obéis, ne voulant pas attiser sa colère. Je ne pouvais cesser de gémir ni empêcher mon corps d'être secoué par les sanglots.

— Je vous en prie…

J'expirais ces mots chaque fois que j'arrivais à reprendre mon souffle.

Claude-Michel ne s'arrêta qu'une fois qu'il m'eut assez frappée pour m'infliger une douleur qui allait durer plusieurs jours, malgré la capacité de guérison de mon corps. Je ne pus d'abord rien faire. Il me laissa me remettre tranquillement sur pied. Chaque geste m'arrachait un cri. Je lui jetai un coup d'œil rapide, craignant que cela ne lui donne envie de me taper encore. Mes jupes retombèrent le long de mes hanches et de mes jambes alors que je me relevai.

— Regarde-moi, fit Claude-Michel d'un ton brusque.

J'obéis. Il se leva.

— D'abord, je t'interdis de partir ainsi te promener sans m'en demander la permission. Deuxièmement, si tu ne rentres pas dans un délai que je considère comme raisonnable, la prochaine fois, ce ne sera pas ma main qui s'abattra sur ton derrière.

J'essuyai d'une main tremblante une larme que je n'avais pu retenir.

— Je me suis terriblement inquiété, chérie[48], fit-il en étendant le bras dans ma direction.

Je reculai, troublée, mais il voulait simplement écarter des mèches de cheveux de mon visage.

— Je pensais qu'on t'avait peut-être tuée, alors que je viens tout juste de te trouver. Je ne voulais pas te perdre si vite.

Il souleva mon menton et me força à le regarder dans les yeux. Je hochai la tête, encore troublée. Je comprenais à peine ses paroles.

— Je suis désolée, Monsieur[49], fis-je pendant que mes yeux se remplissaient de larmes.

— Maintenant, dis-moi, qu'avais-tu de si important à faire qu'il t'a fallu presque toute la journée pour y arriver ?

---

48. N.d.T. : En français dans le texte original.

49. N.d.T. : En français dans le texte original.

Je m'écartai et me dirigeai vers le paquet enveloppé dans le tissu de chanvre. Je le pris et le présentai à Claude-Michel. Il le regarda avec curiosité. Pendant qu'il développait le paquet, il fronça les sourcils. Lentement, il en retira le violon, les yeux écarquillés de surprise. L'archet tomba à ses pieds sur le sol.

— Où as-tu trouvé ça ?

J'avais peur de répondre, craignant de m'attirer une autre punition.

— Je voulais en trouver un qui conviendrait à un homme de votre condition, fis-je, me dépêchant de ramasser l'archet. Il arrive que des gens de noble naissance traversent des périodes difficiles et qu'ils veuillent alors se débarrasser d'objets de ce genre contre de l'argent. Toutefois, ce n'est pas toujours facile à trouver. Je l'ai acheté d'un garçon sur une place. Je l'ai payé cher, je sais, mais je voulais tellement vous l'offrir…

Il gardait les yeux fixés sur le violon et, de son pouce, il en caressait la crosse.

— Merci[50], fit-il doucement.

Ce soir-là, Claude-Michel envoya Jean chercher de la nourriture pour lui-même et du vin pour tout le monde. Je lui avais dit que Gunnar avait continué à aimer le whisky et le rhum, et il voulait tester son palais.

Pour la première fois depuis notre arrivée dans cette chambre, je sortis sur le balcon. C'était un tout petit balcon qui surplombait des rues sales. Malgré tout, cela valait mieux que de continuer à regarder les murs. Claude-Michel vint me retrouver et s'appuya sur le cadre de porte.

50. N.d.T. : En français dans le texte original.

— Ma chère, ma douce Chloé. Mon nouveau violon est l'un des instruments les plus finement construits que je n'ai jamais vus. Comment as-tu réussi à le dénicher ?

Je me retournai un peu, juste assez pour le voir. Du coin de l'œil, je remarquai que François nous regardait du canapé, essayant de ne pas se faire remarquer.

— Si vous pensez que je vous ai volé de l'argent pour l'acheter, sachez que ce n'est pas le cas. Je l'ai acheté avec l'argent que j'ai pris à Gunnar. Cet argent devait servir à payer une chambre et des vêtements, mais vous sembliez avoir besoin de faire quelque chose de vos mains.

— C'est très gentil. Je t'en remercie sincèrement, chérie[51].

Je ne pus répondre. Je ne savais pas si je pouvais faire confiance à la chaleur dont sa voix s'était empreinte.

Il continua.

— Tu nous as sauvés. Tu le sais ? Tu es une fille très courageuse.

Je ne pouvais toujours pas répondre. Subitement, Claude-Michel franchit à une vitesse surhumaine la distance qui nous séparait, me faisant sursauter.

— Il semble que je possède beaucoup de nouvelles habiletés étranges. Y aura-t-il encore d'autres surprises ?

Il me regardait d'un regard enfantin et, pendant un instant, mon cœur se remplit de joie. Cependant, je pensais qu'il pouvait vouloir s'assurer de ma coopération jusqu'à ce qu'il n'ait plus besoin de moi, ou qu'il se sentait coupable de m'avoir fait crier, et mon cœur s'assombrit à nouveau.

---

51. N.d.T. : En français dans le texte original.

— Peut-être que ce sera moi qui aurai d'autres surprises, Monsieur[52]. Hier, quand je me promenais d'un endroit à l'autre, j'étais très emballée à penser à la joie que vous auriez à recevoir ce nouveau violon. J'ai perdu la notion du temps. Le temps passait, et je n'arrivais pas à trouver ce que je cherchais. Puis je me suis perdue. C'est en pensant à vous, et à notre nouvelle liberté, que j'ai pu ne pas avoir peur. Maintenant, je souhaiterais ne jamais avoir trouvé ce terrible violon.

— Non, Chloé, non, fit Claude-Michel en m'enlaçant.

J'étais surprise et troublée, mais il ne me laissa pas me défaire de son étreinte.

— C'est un magnifique instrument. Vraiment magnifique. Et je le chérirai toujours.

Il baissa la tête pour me regarder droit dans les yeux et parla avec une douceur qui me bouleversa.

— Mais tu dois savoir le genre d'homme que je suis. Je m'enflamme pour tout ce qui a de l'importance à mes yeux. Tu comprends ? Tu es désormais importante pour moi. Je m'imaginais des choses qui me rendaient malade, chérie[53], toutes sortes de choses terribles qui auraient pu t'arriver. Tu n'aurais pas dû partir aussi longtemps. De ça, je suis vraiment mécontent.

Ma bouche s'entrouvrit, mais je ne sus quoi répondre. Mon cœur se mit à battre violemment.

— Mais je suis ravi que tu aies voulu m'offrir un violon.

— Mais vous m'avez donné la fessée… comme à une enfant.

---

52. N.d.T. : En français dans le texte original.

53. N.d.T. : En français dans le texte original.

— Oui. Je punis les gens qui désobéissent. Et je ne m'en excuse pas.

Je hochai la tête sans rien dire. Claude-Michel m'embrassa, et je ne pus m'empêcher de me laisser aller dans ses bras pendant que ses lèvres couvraient les miennes. J'entendis François grogner sur le canapé et je me demandai ce qu'il faisait. Je sentis mes crocs commencer à s'allonger et les rythmes de mon corps se transformer.

Je n'eus pas à chercher longtemps ce que François faisait. Quand Claude-Michel me guida vers le lit vide, François ne fit même pas l'effort d'éloigner sa main de son entrejambe. Il m'observait avec un sourire lubrique. Toutefois, je décidai de ne pas penser à lui. Claude-Michel me désirait. C'était tout ce qui comptait.

Claude-Michel murmura, tout en commençant à me dévêtir :

— Il n'y a que deux personnes, jusqu'ici, que j'ai prises comme je m'apprête à te prendre.

— Que voulez-vous dire ? demandai-je, inquiète.

Gunnar avait parfois des goûts étranges, dans la chambre à coucher, qui ne m'étaient pas toujours agréables. Je me demandais si ce serait également le cas avec Claude-Michel. De plus, je tentai de ne pas remarquer François qui commençait à défaire son pantalon. J'espérais qu'il ne viendrait pas se joindre à nous. Je me demandais ce que je ferais si Claude-Michel voulait me partager avec lui.

Quand je me retrouvai nue, couchée sur le lit et les jambes écartées devant lui, Claude-Michel commença à découvrir son corps splendide. Je regardai le dessin que formaient les poils de sa poitrine et suivis la ligne sombre qui descendait jusque dans son pantalon. Quand il l'enleva, son érection apparut, et j'eus peur, comme si j'étais à nouveau vierge.

Mon visage laissa sans doute paraître mon émotion.

— Chut, fit-il, s'installant entre mes jambes, pressant la chaleur de son membre contre moi, tout en embrassant mon visage.

Quand il parlait, je pouvais voir ses crocs allongés. *Quel magnifique vampire il est devenu*, pensai-je.

La brume du matin avait formé une boucle de cheveux sur la joue de Claude-Michel, ce qui lui donnait un air un peu enfantin. Je tendis le bras pour toucher la boucle. Il me sourit et, de sa main, plaça son membre en érection en position pour me pénétrer.

— Beaucoup de femmes se sont données à moi, dit Claude-Michel en me caressant avec la tête glissante de son érection. Et de beaux jeunes hommes aussi.

— Je connais la réputation des nobles, Monsieur[54].

— Et maintenant, je présume que je vivrai encore très longtemps, n'est-ce pas ?

Je hochai la tête.

— Oui.

— Alors, j'aurai l'occasion de prendre encore beaucoup, beaucoup de personnes.

Ses mots firent naître une douleur dans ma poitrine.

— Par contre, pas comme je m'apprête à te prendre. Je les prendrai pour le plaisir du moment présent. Mais toi, tu représentes plus, beaucoup plus, ma belle.

Je le regardai dans les yeux.

54. N.d.T. : En français dans le texte original.

— Toi, je veux te garder, murmura-t-il. Ouvre-toi à moi, Chloé. Je te ferai découvrir un plaisir que tu n'as connu avec personne avant, et que tu ne connaîtras avec personne après non plus.

Je laissai aller un long gémissement quand son érection me pénétra.

— Tu m'appartiens, maintenant. Ma Chloé.

Des larmes coulèrent sur mes joues pendant qu'il allait et venait doucement. Il m'emplit et m'étira, forçant mon corps à le désirer. J'étais déchirée entre l'envie de l'enlacer et celle de regarder son superbe visage. Il entrelaça ses doigts avec les miens et me tint immobile, respirant bruyamment pendant qu'il poussait en moi encore et encore.

Pendant qu'il me prenait ainsi, je pouvais entendre les sons humides que faisait François en se satisfaisant lui-même. Je ne sais pourquoi, mais ses petits grognements faisaient croître mon excitation. Assez vite, la chaleur et la pression entre mes jambes devinrent insoutenables. Puis une décharge monta en moi. Je me mis à trembler dans les bras de Claude-Michel. Au départ, je ne comprenais pas ce qui m'arrivait... je n'avais jamais eu d'orgasme auparavant.

Pendant que je restais étendue, sonnée et le souffle coupé, Claude-Michel s'enfonçait en moi sans pitié, faisant tordre mon corps sous le sien. Je gémis de douleur et de plaisir. Il grognait comme un animal. Puis il s'arrêta, et se remit à me baiser plus fort pour, finalement, pousser sa queue au plus profond de moi en émettant un long gémissement. Je sentais son membre battre en moi.

Il se baissa pour s'appuyer sur ses coudes et m'embrassa.

— Ma chère Chloé, murmura-t-il.

Après quelques instants, je me rendis compte que François était devenu silencieux. Je l'ignorai quand il se leva pour aller se nettoyer.

— Tu es une femme magnifique, Chloé, fit Claude-Michel. Une femme dont doit jouir un homme qui sait apprécier la beauté et non pas un homme comme Gunnar.

— Gunnar ne sait rien apprécier, fis-je d'un air sombre.

— Tu n'auras plus jamais à penser à lui.

— Qui sont les autres femmes ? demandai-je soudain.

— Quelles autres femmes, chérie[55] ?

— Les deux autres femmes que tu as prises comme tu m'as prise ?

Claude-Michel hocha la tête, l'air de bien saisir ma question.

— L'une d'elles, c'est ma femme.

Je ne sais pourquoi mais, quand Claude-Michel mentionna sa femme, François s'arrêta au beau milieu de ce qu'il était en train de faire et nous regarda. Malgré moi, mon regard croisa le sien. Il détourna rapidement les yeux et sortit sur le balcon. Déjà à l'époque, cela me parut étrange.

— *C'était* ma femme, corrigea-t-il. Elle est morte. L'autre n'est pas une femme, c'est Jean. Tu es l'une des trois personnes que j'ai eu envie d'avoir avec moi pour toujours.

— Oh, fis-je. Je suis désolée pour votre femme.

— Oui.

Il roula sur le dos et se mit à fixer le plafond. Pendant un certain temps, il ne dit plus rien. Puis, doucement, comme s'il se parlait à lui-même :

55. N.d.T. : En français dans le texte original.

— Il nous faudra quitter ce lieu sous peu. Nous allons bientôt nous trouver à court d'argent, non ?

Je hochai la tête.

— Ce soir, tu resteras ici avec Jean. Tu comprends ? Tu ne dois pas quitter cette chambre.

— Pourquoi ?

— François et moi sortirons chercher d'autre nourriture.

— Mais vous ne pouvez pas. Vous ne savez pas comment.

— Je sais très bien chasser, chérie[56], même si je ne l'ai encore jamais fait en tant que vampire. Nous allons ramener une femme et l'utiliser ici.

Je ne dis rien. Je n'aimais pas l'idée qu'ils ramènent une femme et qu'ils fassent des choses avec elle sous mon nez. Toutefois, je comprenais déjà qu'un homme comme Claude-Michel ne pourrait jamais être fidèle à une seule femme.

— Peut-être trouverons-nous aussi un gentilhomme qui ressent le besoin de se défaire de sa fortune.

— Quand irez-vous ?

— À la tombée de la nuit, quand les gens désespérés quittent la sécurité de leur maison et quand l'alcool délie la langue des hommes. Nous devrons aussi trouver une manière de partir d'ici.

— Partir d'ici ? Mais vous venez à peine de vous transformer, et c'est le premier endroit où nous avons été en sécurité.

— Nous ne pouvons pas rester ici, dit Claude-Michel. Nous n'aurons bientôt plus d'argent, et Jean ne nous suffit pas. Et puis il y a des gens que je dois retrouver.

— Des gens ? Qui ?

---

56. N.d.T. : En français dans le texte original.

Je me rappelais la conversation que j'avais entendue au sujet de la femme gitane, mais je voulais entendre sa réponse.

Pendant la pause qui suivit, je vis une ombre traverser le visage de Claude-Michel. Cela me donna la chair de poule. J'eus peur d'avoir trop insisté.

— Les salauds qui ont tué ma femme et ma fille. J'ai bien l'intention de les faire payer pour leur geste.

Je secouai la tête.

— Non. Claude-Michel… non…

— Toutes les nuits, je ferme les yeux et je rêve que je leur fais mal. Je dois le faire.

— La France ?

— Oui, pour un certain temps.

Claude-Michel se retourna vers moi et me sourit tristement, touchant mon visage avec le dos de ses doigts.

— Mais d'abord, profitons de l'Italie, non ?

Je hochai la tête. Cela ne me faisait rien que Claude-Michel soit un homme complexe. Il me voulait à ses côtés. Je n'aurais pas à me débrouiller seule. Je souris et m'approchai de lui, puis je posai ma tête sur sa poitrine et fermai les yeux.

Avant de m'endormir, j'eus l'impression d'entendre François siffler le nom de « Katarina ».

CHAPITRE ONZE

Ce soir-là, pendant que Jean peignait les cheveux de Claude-Michel, qui était assis à la table de travail, moi, j'arrangeais son manteau. J'avais acheté ce manteau, écarlate et or, le même jour que le violon. Il lui allait parfaitement, surtout si on tenait compte du fait que j'avais dû en estimer la taille. Je n'avais pas été aussi chanceuse avec le manteau de François, qui était un peu trop étroit aux épaules. De plus, la couleur ne lui plaisait pas.

— C'est crème, fit-il en examinant son reflet dans le miroir. Ça ne met pas en valeur ma couronne de boucles dorées et me donne un teint… jaune. Le bleu pastel, d'un autre côté, rehausserait joliment mes yeux et me ferait un visage plus angélique.

Il jeta un regard par-dessus l'épaule de son reflet à Claude-Michel, toujours assis, pendant que Jean lui attachait les cheveux avec un ruban en satin noir. François grogna.

— Eh bien, ta couronne dorée est complètement décoiffée, dit Claude-Michel. Tu n'as rien fait sauf te plaindre, et il fait presque nuit.

— C'est ce qui arrive quand tu te gardes tous les domestiques pour toi.

François me regarda en souriant.

Je fis celle qui n'avait rien entendu et recommençai à m'intéresser au manteau de Claude-Michel. Je commençais à regretter de ne pas avoir abandonné François sur le bateau de Gunnar. Claude-Michel me demanda par geste de m'écarter, ce que je fis, un peu blessée toutefois qu'il ne m'ait ni remerciée d'avoir pris soin de son apparence, ni même regardée. Tout ce qu'il fit, c'est se lever et s'approcher du miroir.

— Pas de poudre, dit-il. Il devrait être quand même difficile de me résister, non ?

— Vous devriez pouvoir convaincre quelques créatures désespérées de vous suivre, répondis-je.

Il resta muet.

François le détailla du regard.

— As-tu terminé ?

— Oui, fit Claude-Michel, se détournant avec un geste théâtral de la main. Tu peux utiliser les domestiques. Je t'attends en bas. N'oublie pas que plus tu me feras attendre, plus je dépenserai notre argent à boire du vin.

Ma poitrine se serra quand j'entendis Claude-Michel dire « les domestiques ». Je n'en attendais pas moins de François, mais pas de l'homme qui m'avait courtisée avec autant d'acharnement quelques heures plus tôt. Je ne connaissais pas encore son amour des moments théâtraux, ni sa négligence. J'avalai ma salive, pour tenter d'étouffer le sentiment monté en moi, puis je m'avançai vers le lit en essayant de faire dos aux hommes afin qu'ils ne puissent voir le trouble dans mon visage.

— A-t-il toujours été aussi arrogant ? demandai-je quand il fut sorti.

François fit de grandes enjambées en direction de la chaise devant la coiffeuse et s'y installa confortablement. Jean prit consciencieusement le peigne.

— Non, fit François, je veux que ce soit elle qui le fasse.

— Comme vous voulez, répondit Jean.

Je me retournai et vis que François me souriait encore. La rage me serra la poitrine.

— Allez. Qu'est-ce que tu attends, que ma couronne dorée devienne argentée ? Oh, mais ça n'arrivera jamais, n'est-ce pas ?

Il paraissait très satisfait de lui-même.

Je serrai la mâchoire, avançai rapidement vers lui et acceptai le peigne que m'offrait Jean. Je m'installai derrière François et pris ses boucles emmêlées dans une main.

— Tu sais, je connais Claude-Michel depuis très longtemps, mon minet. Très longtemps. Je le connais beaucoup mieux que tu ne le connaîtras jamais.

— Vraiment ? demandai-je tout en démêlant ses cheveux avec beaucoup plus de rudesse que nécessaire. Qu'est-ce qui vous fait penser que je m'en soucie ?

Il fit claquer sa langue.

— Vraiment, chérie[57], tu ne devrais pas oublier qui sont tes supérieurs.

57. N.d.T. : En français dans le texte original.

Une fureur brûlante monta dans ma poitrine avant de traverser mes bras, me forçant à cesser mon travail de démêlage. Avant de me rendre compte de ce que je faisais, j'attrapai une touffe de cheveux de François et tirai sa tête vers l'arrière, comme pour lui trancher la gorge. À ce moment précis, j'avais vraiment envie de le faire.

— C'est moi qui t'ai créé, lui dis-je d'un ton hargneux à l'oreille. On pourrait penser que ça me donne droit au respect.

Pendant un moment, François ne dit rien. Puis il dit :

— Bien sûr, tu as raison. Est-ce que ta démonstration est terminée ?

Je le laissai aller lentement. Sans que j'eusse le temps de m'en rendre compte, il s'était retourné, m'avait emmenée de l'autre côté de la pièce et m'avait plaquée sur le lit. Ses yeux bleus paraissaient foncés tandis qu'il m'observait d'un air violent. Quand il parla, ce fut dans un rugissement.

— Tu as perdu toute forme de pouvoir quand Claude-Michel t'a donné la fessée comme à une petite fille. Penses-tu qu'il serait fâché que j'en fasse autant après ce que tu viens de me faire ?

Je luttai pour m'accrocher à ma juste colère, mais la peur commençait à la ramollir. J'étais furieuse de voir que la simple mention d'une fessée suffisait à me faire perdre ma détermination. Je détournai le regard pour un instant. Puis je me forçai à regarder François droit dans les yeux. Mais déjà, son visage affichait une expression triomphante. Il me relâcha avec un air méprisant.

— Tu ne peux t'interposer entre nous. Personne ne le peut.

Je n'osais pas bouger, ni même respirer profondément. Des larmes de honte me montaient aux yeux. Je tentai de ne pas laisser paraître mes tremblements.

— Et maintenant, fit-il calmement, tu vas me peigner les cheveux.

J'avais l'impression que quelque chose venait de se dégonfler en moi. Je fis ce qu'il me demandait, parce que je ne voyais pas comment agir autrement. Je ne voulais pas que cet homme me donne la fessée. Je ne voulais pas apprendre à avoir peur de lui. Mais c'était ce qui se passait. Mes mains tremblaient. Nous n'échangeâmes plus un seul mot jusqu'à ce que François, les cheveux tirés vers l'arrière et attachés avec un ruban noir comme celui de Claude-Michel, se lève et se regarde dans le miroir.

— J'imagine que je ne peux m'attendre à mieux de toi tant que tu n'auras pas été formée, fit-il en se tournant vers moi. N'oublie pas ce que t'a dit Claude-Michel. Tu dois rester ici et te nourrir de Jean ce soir.

— Bien sûr.

Cet ordre n'éveilla même plus de colère en moi.

— Nous rentrerons tard. Ne nous attendez pas.

Je retins mon souffle pendant qu'il sortait, puis je restai immobile à écouter le bruit de ses pas qui s'éloignaient. Ce n'est qu'alors que je me permis d'avaler ma salive. Je me dirigeai vers la bassine d'eau. J'aurais voulu que Jean ne soit pas là, que je puisse me laisser aller à pleurer. Mais je devrai attendre les petites heures du matin, au moment où tout le monde dormirait, et il me faudrait le faire en silence. Résignée à la façon dont se déroulait la journée, je me déshabillai pendant que Jean mettait la chambre en ordre.

— Je suis content que vous ayez acheté ça, dit-il du coin de la pièce où se trouvait le violon. Il aime en jouer plus qu'il ne voudra l'admettre.

— Oui, c'est ce que je pensais.

Je me trouvais les seins nus devant la bassine, ma robe pendant à mes hanches, me lavant les bras avec un linge.

— Avez-vous peur ? demanda brusquement Jean.

Cela me fit sursauter. Je levai les yeux.

— Quoi ?

— Avez-vous peur de recevoir une punition ?

Je regardai dans l'eau, remplie de haine pour tout.

— J'en ai déjà reçu une. Claude-Michel me l'a administrée quand je suis rentrée hier.

Jean s'approcha et vint s'asseoir à côté de moi, sur le lit.

— Moi aussi, il me punit.

— Et monsieur Villaforte ?

Mes paroles résonnèrent comme un défi, même si ce n'avait pas été mon intention. Je me demandais si j'allais souvent m'attirer des ennuis pour avoir défié Claude-Michel sans le vouloir.

— Les seules fois où je l'ai vu frapper quelqu'un, c'était parce que monsieur du Fresne voulait voir la scène, répondit Jean sans paraître avoir remarqué le ton de ma voix. Peut-être que cela n'arrivera pas.

— Je ne serais pas surprise que Claude-Michel ait envie de le voir. Il était si distant, ce soir… J'ai pensé que…

Au lieu de continuer, je me mordis la lèvre. Je tordis le linge et me lavai les épaules.

— Tu as raison, finis-je par dire. J'ai peur.

Jean se leva et étendit le bras pour prendre le linge. Encore une fois, je sursautai.

— Me permettez-vous, Madame?

Mes yeux s'écarquillèrent pendant un instant. Je n'aimais pas comment mon cœur se mit à battre et tentai de me convaincre que ce n'était qu'un garçon. Puis, je me rappelai qu'il était sans doute plus vieux que moi, et qu'il avait besoin de ressentir une forme de domination, même si le mot « madame » semblait naturel dans sa bouche. Déchirée entre le désir de ne pas perdre la seule relation de supériorité que j'avais et celui de ressentir la caresse du garçon, j'hésitai.

Je finis par céder et lui tendis le linge.

— Merci, dis-je.

Il me passa le linge humide sur le corps avec une grande douceur. Je frissonnai, penchai la tête et fermai les yeux. Le contraste entre la façon dont j'avais été traitée ce soir et la manière dont Claude-Michel m'avait fait l'amour quelques heures plus tôt me rendait très malheureuse. Comment pouvait-il m'avoir prise avec autant de soin pour ensuite se retourner et partir à la chasse aux putains? Je ne m'étais pas rendu compte que je pleurais.

— Est-ce que je frotte trop fort, Madame?

Je le regardai par-dessus l'épaule de mon reflet dans le miroir.

— Non, Jean.

— Vous n'auriez pas dû lui tirer les cheveux.

— Je sais, chuchotai-je.

Le linge qui descendait le long de mon dos, s'attardant un instant sur mon derrière, puis recommençant son trajet, me donnait des frissons.

— C'est moi qui dois vous nourrir, ce soir, fit Jean d'un ton vaguement suggestif.

Je ne répondis pas, mais le laissai continuer à me toucher et à me caresser avec le linge, me demandant ce qui allait se passer quand Claude-Michel et François allaient rentrer.

Je n'avais pas prévu dormir emmêlée dans les draps avec Jean. Je me réveillai en sursaut quand Claude-Michel et François rentrèrent avec une prostituée qui semblait éméchée.

CHAPITRE DOUZE

Je m'assis rapidement quand la porte s'ouvrit, ce qui fit sursauter Jean. Nous étions à peine couverts par les draps, mais pour le reste, nous étions tout à fait nus. Tout à coup, je me suis demandée si Claude-Michel serait fâché de savoir que j'avais fait l'amour avec son domestique. Mon cœur se mit à battre à tout rompre quand je vis qu'il tenait une cravache dans sa main. Il ne l'avait pas auparavant et il la lança sur le lit, près de moi. Je me sentis faiblir.

Jean bondit hors du lit et attrapa son pantalon.

— Je suis désolé, Monsieur[58]. J'aurais dû attendre votre retour.

Ses jolis cheveux couleur de miel étaient tout ébouriffés.

— J'ai de quoi m'occuper pour un bon bout de temps.

58. N.d.T. : En français dans le texte original.

Je pouvais voir, à cause de la façon dont il souriait, que les crocs de Claude-Michel étaient allongés. Il faisait attention pour ne pas le laisser paraître. Je tirai les draps vers moi et lançai un regard noir à François, qui me sourit avec arrogance.

Même si la vue de Claude-Michel avec une autre femme me rendait mal à l'aise, je ne pouvais cesser de les observer. J'étais fascinée par la façon dont les deux hommes entouraient la femme. Malgré leur arrogance, ils étaient tous les deux très beaux. Je me suis alors demandée ce que ce serait que d'être à la place de la prostituée.

— Viens t'asseoir à côté de moi, Jean, chuchotai-je.

Il secoua la tête.

— Je dois me tenir prêt, au cas où mon maître aurait besoin de moi.

— Je ne pense pas que ce sera le cas, fis-je avec mauvaise humeur.

Je m'enroulai dans les draps et regardai.

Claude-Michel s'éclaircit la gorge, puis il prit lentement le châle que la jeune fille portait sur les épaules et le tendit à Jean, qui le mit sur le dossier de la chaise. Claude-Michel posa les mains sur les épaules nues de la fille et parla d'un ton séducteur.

— Je crois que nos domestiques se sont épuisés. Mais celle-ci me semble encore toute fraîche, fit-il en glissant ses doigts dans les cheveux de la fille.

Je pouvais voir la faim dans les yeux de François. Je me demandais combien de temps il arriverait à se contenir avant de se jeter sur la fille et de la violer de ses crocs.

— Nous devons nous assurer que nous aurons droit à tout ce pour quoi nous avons payé, dit François.

— Je ferai tout ce qu'il faut pour vous satisfaire, *Signore*, dit-elle avec un sourire faussement modeste.

— Oui, bien sûr, tu le feras, fit Claude-Michel en la guidant vers le lit, ce qui m'horrifia.

Dans ma fascination un peu malsaine, je n'avais pas pensé qu'il pourrait vouloir s'installer sur le lit.

— Et peut-être, après, d'une nouvelle manière.

J'éloignai mes jambes et me précipitai vers la tête de lit pendant que la fille grimpait sur le lit et s'agenouillait pour aider Claude-Michel à enlever son manteau. François enleva lui aussi son manteau, de façon précipitée. Jean s'empara des deux manteaux. Quand la fille se retourna vers François comme pour lui enlever sa chemise, Claude-Michel prit son poignet dans sa main.

— Non, chuchota-t-il. J'ai payé pour ton corps. Je veux le voir.

Son ton était presque hargneux. Cela fit naître une boule de chaleur dans mon ventre et des picotements entre mes jambes.

La fille hocha la tête et tenta de déprendre ses poignets, mais Claude-Michel la tira du lit et la tint contre lui, son entrejambe pressé contre les fesses de la fille.

— Non, ma chère, Monsieur va le faire lui-même.

Il plaça les bras de la fille derrière son dos où il les retint d'une seule main. Avant qu'elle eût le temps de protester, il plaça une main sur sa bouche.

— Chut, lui murmura-t-il à l'oreille. On ne te fera pas mal ce soir… pas trop. Et on te paiera bien.

À François, il dit :

— Essaie ta nouvelle force. Déchire-le-lui.

Il y avait une lueur féroce dans son regard.

Pour la première fois, la fille parut inquiète.

— Ça va aller, ma belle. Nous voulons juste nous amuser un peu rudement, d'accord?

Elle acquiesça d'un air hésitant.

— C'est bon. François.

Je ne pus m'empêcher de ressentir de la fascination à regarder François faire entrer ses doigts dans le corsage de la fille et tirer d'un seul coup brusque, tandis que Claude-Michel la retenait contre lui. La fille poussa un cria aigu entre les mains de Claude-Michel au moment où la partie avant de son corsage se sépara du dos et que sa chemise devint toute molle sur ses seins, que plus rien ne retenait. La fille glapit de surprise.

Claude-Michel la relâcha. Elle me regarda, les sourcils froncés, et se retourna vers Claude-Michel avec un sourire incertain. Elle s'agenouilla et se mit à détacher son pantalon. Il la laissa faire. François s'assit sur le matelas derrière elle, souriant avec nonchalance, la tête appuyée sur sa main, pour observer la fille donner du plaisir à son ami.

Jean restait debout, tout près d'eux, et les regardait calmement, prêt à rendre service à son maître s'il en exprimait le besoin.

Claude-Michel passa ses doigts dans les cheveux de la fille et laissa tomber sa tête vers l'arrière. Je pouvais voir la pointe de ses crocs. Après un certain temps, François se leva et fit le tour de Claude-Michel. Il se plaça derrière lui et, lentement, défit le ruban dans ses cheveux, l'enleva, puis se mit à toucher les boucles noires de son ami de sa bouche entrouverte, avec sensualité. Il avait, lui aussi, les crocs allongés. Claude-Michel sembla à peine remarquer que François mettait les bras autour de sa poitrine et qu'il tirait son manteau, mais il laissa tomber ses bras afin qu'il puisse le lui enlever.

Puis, tout en continuant à regarder la scène, François défit ses propres cheveux et enleva son manteau et sa chemise, lançant le tout sur une chaise. Jean plaça les vêtements avec soin, sans aller jusqu'à les suspendre dans la penderie.

François s'agenouilla derrière la fille et se mit à la toucher, passant ses doigts de haut en bas sur ses côtes, embrassant son cou et se pressant contre elle. De temps en temps, ses yeux se tournaient vers l'érection de Claude-Michel, ou vers son visage, qu'il observait avec une grande attention.

Après quelques minutes, Claude-Michel prit une grande inspiration et dit :

— Cela suffit, ma chérie. Garde-toi pour la finale.

La fille leva les yeux vers lui. Il referma rapidement la bouche.

François lui chuchota à l'oreille :

— Je veux te donner la fessée.

Claude-Michel haussa les sourcils. Les deux hommes se regardèrent.

La fille baissa les yeux d'un air modeste, puis les releva pour regarder Claude-Michel avec malice, avant de se retourner vers Jean.

— Et lui ? Va-t-il aussi s'amuser avec nous ?

— Pas cette fois-ci, répondit Claude-Michel. Je pense que tu vas trouver que mon ami et moi, c'est amplement suffisant.

François se leva et souleva la fille, puis il s'assit sur le bord du lit et coucha la fille sur ses genoux. Tout en les observant, Claude-Michel finit de se déshabiller et s'assit dans la chaise, se caressant de temps en temps. François posa sa main sur le derrière charnu de la fille et se tourna vers moi pour me lancer un regard lourd de sens. Je tentai de soutenir son regard, mais n'y arrivai pas. Je me demandais à quoi il pensait.

La fessée que François donna à la fille n'avait rien à voir avec celle que m'avait administrée Claude-Michel. Il commença par de petites tapes, puis y alla de plus en plus fort, la faisant crier de temps en temps. Puis il s'arrêtait pour lui caresser les fesses. Entre les moments où les coups étaient plus rudes, elle se tortillait sur les genoux de François et l'appelait « *Signore* ».

Quand il eut terminé, elle s'agenouilla à côté de François et posa sa joue sur sa cuisse.

— Je vous en prie, ne me punissez plus, fit-elle d'un ton taquin. Je serai une bonne fille.

François me regarda par-dessus son épaule. Je détournai le regard.

— Très, très bien, dit Claude-Michel à François. Tu mérites une promotion après une telle démonstration.

— J'en serais ravi. En fait, je pense que, puisque nous formons maintenant une famille, je devrais t'assister pour tout ce qui concerne la discipline de nos enfants quand ils se montrent désobéissants, pas juste avec les putains.

Mon sang se glaça. Je savais que c'était de moi qu'il parlait.

— Claude-Michel...

Claude-Michel sembla momentanément agité.

— Je crois que ce n'est pas le meilleur moment pour en discuter, François.

François se força à sourire.

— Tu as raison, bien sûr, fit-il en baissant légèrement la tête.

Il regarda la fille, qui leva vers lui de grands yeux. Elle sourit.

— La situation a grandement changé, fit Claude-Michel doucement. Tu as raison, nous sommes maintenant quatre.

Il sembla réfléchir à ses paroles.

— C'est moi qui aurai le dernier mot sur tout, continua-t-il lentement, mais tu auras des droits sexuels et un droit de punition sur Chloé et Jean… si je ne suis pas moi-même occupé par eux, et si je ne décide pas de révoquer ce droit.

François écouta attentivement. Son expression s'adoucit, comme s'il avait de la difficulté à croire ce qu'il venait d'entendre.

— Merci, Claude-Michel.

Moi non plus, je n'arrivais pas à y croire. Cependant, je ne dis rien de peur que des larmes se mettent à couler.

Claude-Michel s'agenouilla derrière la fille et se pencha sur elle.

— Je veux te rassurer en te disant que tu ne mourras pas ce soir. Mais tu ressentiras de la douleur, et peut-être une grande peur.

Pendant qu'il disait ces mots, sa main parcourait le corps de la jeune fille.

— Si tu désobéis, tu seras fouettée avec cette cravache. Et ce ne sera pas un petit jeu. Comprends-tu bien ?

La fille ne souriait plus.

— Pourquoi ? Quoi ?

Claude-Michel la hissa sur le lit et la retourna. Puis il lui montra ses crocs. Les yeux de la fille s'écarquillèrent et ses lèvres s'écartèrent pour crier, mais il l'en empêcha en posant sa main sur sa bouche. Ses yeux étaient vraiment immenses.

— Sais-tu ce que je suis?

Il retira sa main.

Elle secoua la tête désespérément. Des larmes brillaient dans ses yeux.

— T'es-tu déjà fait prendre par un vampire?

— Non, chuchota-t-elle.

François enleva ses bottes.

Claude-Michel baissa la tête, battit des paupières et prit une grande inspiration.

— Tu sens très bon. J'ai tellement faim.

Sur ce, il immobilisa le corps agité de la jeune fille et pressa ses crocs contre son cou. L'odeur âcre du sang me remplit les narines. François enleva sa chemise par la tête et se jeta sur la fille, essayant de perforer son cou pendant que Claude-Michel se nourrissait d'elle, mais il n'y avait pas assez de place. La fille tenta de se défaire de leur emprise, mais tout ce qu'elle parvenait à faire, c'était lancer des ruades sous le corps de Claude-Michel. Quand je vis celui-ci imposer sa volonté à la fille, cela provoqua en moi une vague qui me donna envie de me trouver sous lui à sa place. À ce moment précis, j'aurais préféré que ce soit lui qui m'ait créée plutôt que l'inverse.

Claude-Michel leva les yeux vers François.

— J'ai mangé depuis la dernière fois que tu as mangé.

Et il se releva.

François défit son pantalon et monta la fille avec empressement, aspirant le sang de ses blessures et pressant son membre contre elle en même temps, au travers du tissu.

Mes yeux s'écarquillèrent quand je vis Claude-Michel se placer derrière François, faire descendre le pantalon de celui-ci sur ses hanches délicates et s'emparer de son membre. François se mit à haleter, ce qui fit apparaître une bulle dans le sang de la jeune fille. Il enleva ses lèvres de la plaie. Claude-Michel guida l'érection de François vers le corps de la fille, malgré les mouvements paniqués de celle-ci, et François se mit à la baiser avec acharnement.

Peu de temps après, François releva la tête et lança un cri. La fille était maintenant calmée et regardait les deux hommes avec de grands yeux. François roula sur le côté et resta étendu sur le lit sous le regard souriant de Claude-Michel. Puis ce fut le tour de ce dernier, qui perça de nouveau le cou de la fille de ses crocs tout en la pénétrant, pendant que François les observait, l'air endormi. Elle gémissait faiblement et tentait de mouvoir son corps contre celui de Claude-Michel. Les deux hommes se regardaient droit dans les yeux avec la tendresse de jeunes amants.

CHAPITRE TREIZE

Dans les heures précédant l'aube, Claude-Michel avait demandé à Jean de faire nos valises. Il nous avait ensuite surveillés, François et moi, pendant que nous tentions d'enfiler ma robe de rechange à la prostituée, qui était encore sonnée. Ils l'installèrent sur le lit dans une position qui donnait l'impression qu'elle se reposait, mais elle grogna et essaya de se retourner.

— Noue un foulard autour de ses morsures, fit Claude-Michel. Et défais un peu ses vêtements. L'aubergiste sait très bien pourquoi elle est venue ici.

Jean, debout à côté du lit, examinait avec une grande fascination la cravache que Claude-Michel avait rapportée.

— Jean ! fit Claude-Michel d'un ton brusque.

Il parut satisfait quand le pauvre garçon sursauta.

— Arrête de rêver et mets-toi au boulot.

— Oui, Monsieur[59], répondit Jean avant de déposer rapidement la cravache.

— Où irons-nous ? demandai-je à Claude-Michel. Ça n'a pas été facile de trouver cet endroit.

— Je ne sais pas, répondit-il d'un ton irrité. Toutefois, nous ne pouvons pas rester ici. La fille va parler. Et elle a des marques.

— Il aurait peut-être fallu y penser avant, répondis-je.

Il me prit par le bras et me retourna vers lui. Je le regardai dans les yeux sans fléchir. À ce moment précis, la punition ne me faisait pas peur.

— Ça sent la jalousie, chantonna François avant de s'asseoir sur le lit à côté de la fille, les mains derrière la tête.

J'avais une grande envie de dire à François ce que je pensais, mais mon courage fut de courte durée. Je fus soulagée quand Claude-Michel me laissa aller pour donner de l'argent à Jean.

— Paie l'aubergiste pour un jour de plus. Ne lui dis pas que nous partons pour de bon. Et achète du vin, du pain et du fromage pour la fille et toi.

— Oui, Monsieur[60], fit-il avant de partir de manière précipitée.

— Elle est jalouse de qui, selon toi, Claude-Michel ? De toi ou de moi ?

— Ça suffit, François, fit Claude-Michel en se dirigeant vers la fenêtre. Je dois réfléchir.

— Mais bien sûr, répondit François, puis il ferma les yeux.

---

59. N.d.T. : En français dans le texte original.

60. N.d.T. : En français dans le texte original.

Je m'assis sur le canapé les bras croisés. La journée avait très mal commencé. Quelques instants plus tard, Jean fit irruption dans la chambre avec de bonnes nouvelles.

— Messieurs[61], il faut que je vous dise quelque chose. En bas, il y a un homme qui a besoin de gardes pour l'attelage qui devra emmener sa sœur.

Claude-Michel, qui s'était éloigné de la fenêtre pour faire les cent pas, leva la tête. Puis il se précipita hors de la chambre. Je le suivis… et, bien sûr, François ne fut pas loin derrière.

Une fois en bas, nous ne pûmes nous empêcher d'entendre la conversation des deux hommes, peut-être un peu plus âgés que moi, qui étaient assis à côté de l'âtre froid.

— Mais je ne peux pas faire traverser le pays à ma sœur sans protection ! disait le plus jeune des deux.

Il avait l'air d'un chérubin aux joues roses.

— Que fais-tu des bandits ?

— Mais tu ne peux pas non plus lui faire manquer son propre mariage ? répondit l'autre avec bienveillance. Et qu'est-il donc arrivé aux hommes que tu avais engagés ?

— Quelqu'un leur a fait une meilleure offre. C'est ce qu'il y a d'ironique dans le fait d'engager des hommes… Ceux qui sont assez grossiers pour protéger contre les criminels ne sont souvent pas mieux que des criminels.

— Je ne crois pas que tu aies le choix, Bernardo. Ce serait une honte pour toute la famille. Et pour toi, plus particulièrement, étant donné que c'est toi qui as insisté pour que ta sœur vienne ici.

— C'était pour sa santé. Elle ne supporte pas l'air nordique.

61. N.d.T. : En français dans le texte original.

— Bien sûr, bien sûr. Mais dis-moi… comment as-tu fait pour organiser ce voyage ?

— C'est notre oncle qui l'a fait. Moi, je ne suis venu qu'à titre de compagnon pour ma sœur, fit Bernardo en soupirant. Je ne suis vraiment pas bon pour les affaires.

Claude-Michel les aborda en souriant.

— Pardonnez-moi, jeune homme. Je n'ai pu m'empêcher d'entendre votre conversation. Où avez-vous dit que devait avoir lieu le mariage de votre sœur ?

Le jeune homme — un angelot aux joues rondes et roses et aux boucles brun pâle — le regarda d'un air hautain.

— Je ne l'ai pas dit, Monsieur. Pourquoi un Français voudrait-il se mêler de mes affaires ?

— Je ne voudrais pas être indiscret, fit Claude-Michel en penchant la tête d'un air royal, mais il me semble que vous ayez besoin de la protection de gentilshommes plutôt que du genre d'hommes que vous aviez engagés. Mon ami, monsieur Villaforte, et moi-même savons manier épée et pistolet, et nous ne sommes assurément pas des voyous. De plus, nous avons besoin d'un moyen de transport jusqu'à Venise. Vous, vous avez besoin de protection. Je pensais simplement que nous pourrions nous entendre.

— Tu vois ? fit l'ami du jeune homme. Il suffit de demander.

— Et comment puis-je être sûr que vous n'allez pas me voler ?

— Le comte Louis Claude-Michel du Fresne ne vole pas les gens, mon jeune Monsieur[62]. Logez-vous ici ?

— Oui, mais…

62. N.d.T. : En français dans le texte original.

— Parfait. Préparez vos choses. Mes compagnons et moi sommes prêts à partir.

L'angelot regarda son ami d'un air inquiet.

— Vas-y, lui dit l'ami. Tu ne peux passer à côté d'une telle occasion. Ces hommes sont visiblement des gentilshommes. Il est rare de trouver des gentilshommes prêts à s'engager au service de quelqu'un.

— Effectivement, fit Bernardo. C'est pourquoi je me demande quelle étrange circonstance les a menés à me faire cette offre.

— Tu n'as pas d'autre choix. À part voyager sans accompagnement.

— Ce ne serait pas sage, fit Claude-Michel. Surtout, si je puis me permettre, lorsque l'on est accompagné d'une jeune fille. Il y a des hommes dangereux, là dehors.

— Oui, répondit Bernardo. C'est pour ma sœur que je m'en fais.

Son regard se dirigea vers moi.

— Votre épouse pourra peut-être tenir compagnie à ma sœur.

— Mon épouse? fit Claude-Michel, puis il se rattrapa. Oui, bien sûr. Elle est très bonne pour faire la conversation. Si vous voulez montrer votre carrosse à mes hommes, mon épouse et moi allons régler nos affaires avec l'aubergiste.

François lança un regard noir à Claude-Michel, mais suivit Bernardo et son ami. Je suivis Claude-Michel dans le bar. Il expliqua à l'aubergiste qu'ils avaient tellement épuisé la prostituée, qu'il valait mieux la laisser dormir pour le reste de la journée.

L'aubergiste me regarda, l'air confus, se demandant sans doute pourquoi un homme voudrait emmener une prostituée dans sa chambre en présence de sa femme.

— C'était pour mon ami, expliqua-t-il.

— Les gens ne sont habituellement pas aussi généreux avec les putains, *Signore*, quoi qu'ils aient fait avec elles avant. Ni non plus avec leurs amis.

— Alors je suis une espèce rare, mon ami, d'une sorte que tu ne rencontreras sans doute plus jamais. *Buon giorno.*

La jeune sœur de Bernardo, qui s'appelait Florentine, avait elle aussi les joues roses, avec des cheveux dorés et des yeux d'un bleu azur du Nouveau monde. Elle était déjà installée dans le carrosse, sur le siège faisant face à l'avant, lorsque nous arrivâmes. Claude-Michel se pencha pour la saluer. Florentine sourit, baissa les yeux, puis les releva pour le regarder, plus hardiment cette fois. Je sentis qu'elle était très attirée par lui, mais j'étais trop bouleversée par la nuit que nous venions de passer pour m'en soucier.

— À votre service, chérie[63], fit-il avec une révérence.

Bernardo n'avait pas de conducteur, alors Jean s'installa sur le siège du cocher. C'était un grand carrosse, avec un siège supplémentaire faisant face à l'avant, qui était situé derrière celui de Florentine, et où deux personnes pouvaient s'asseoir côte à côte, ou une seule, s'étendre. Claude-Michel me proposa de m'y installer la première puisque « je n'avais sûrement pas eu beaucoup de repos la nuit passée ».

63. N.d.T. : En français dans le texte original.

Je lui obéis, mais ne m'y étendis pas au début. J'étais assise derrière Bernardo, du côté opposé à Florentine et à Claude-Michel, que je pouvais ainsi mieux observer. Alors que je montai, j'en profitais pour détailler Florentine des pieds à la tête en passant. Elle me fit un sourire qui paraissait amical. J'eus alors envie de la gifler, mais pas autant que j'avais envie de gifler Claude-Michel pour le sourire amusé avec lequel il me regardait.

Quant à François, j'avais surtout envie de le tuer. Il ricana en s'assoyant à côté de Claude-Michel.

Une fois tout le monde installé, Claude-Michel commença à poser des questions à Florentine au sujet de son mariage et apprit qu'elle était fiancée à un homme « assez vieux ».

— Florentine, la réprimanda son frère. C'est un homme très riche et un ami de papa. Et il a toujours été très bien avec toi. Rappelle-toi la poupée qu'il t'avait donnée et que tu adorais !

— J'avais huit ans, Bernardo. Et il en avait trente-deux. Je l'aime bien, mais…

— Tu étais d'accord pour dire que ce serait un bon mari.

— Je vais m'ennuyer, Bernardo.

— Tu ne vas pas t'ennuyer. Il t'emmènera au théâtre.

Elle fit un gros soupir et regarda par la fenêtre. Bernardo regarda Claude-Michel d'un air nerveux.

— Je vous prie d'excuser ma sœur, *Signore*. Elle a des idées si romantiques.

— Mais la romance est la grande aventure de la vie, fit Claude-Michel, lançant un long regard à Florentine.

Elle lui jeta un rapide coup d'œil. Même de l'endroit où je me trouvais, je pouvais voir qu'elle se retenait pour ne pas sourire.

Nous nous arrêtâmes dans la forêt à la fin de l'après-midi. Jean fit un feu et prit soin des chevaux, pendant que Claude-Michel partit dans le bois pour se soulager. Je me demandai si c'était un réel besoin. En effet, les vampires y vont beaucoup moins souvent que les gens ordinaires, surtout quand il est difficile de trouver du sang.

Je décidai de le suivre.

— Je dois vous parler, Claude-Michel.

— Alors, parle, répondit-il sans s'arrêter.

D'abord, je m'arrêtai, incapable de croire qu'il fût capable d'une telle arrogance. Puis je le rattrapai et lui bloquai le chemin.

— Claude-Michel, je ne vous comprends pas. Un jour, vous me battez. Le lendemain, vous me courtisez. Puis vous donnez à François des droits sur moi. Et maintenant, vous ne me parlez même plus.

Il s'arrêta et me regarda d'un air sévère.

— Si j'agis ainsi, mon petit lapin, c'est à cause de ton insistance enfantine pour que je mène mes affaires autrement que je ne le fais. Tu recevras mes attentions quand je voudrai bien te les prodiguer. Et tu accepteras d'être punie quand le temps de la punition sera venu et, oui, tu devras aussi obéir à François. Je commence à en avoir assez de tes enfantillages. Angélique acceptait mes habitudes, et tu en feras autant.

Je reçus la comparaison avec sa femme comme une gifle. Je détournai le regard. Ma bouche s'entrouvrit. Je clignai des yeux pour retenir mes larmes.

— Claude-Michel… vous ne pouvez lui donner de droits sur moi.

— Oui, je le peux. Et je le dois. François a besoin de se tenir occupé, sinon, il devient impossible.

— Oui, fit François qui était derrière Claude-Michel et examinait ses ongles. C'est vrai. Surtout quand on lui tire les cheveux et qu'on lui manque totalement de respect.

Claude-Michel ne parut pas surpris par la soudaine apparition de François. Je soupçonnai qu'il savait depuis le début qu'il était là. Mais à ces mots, Claude-Michel me regarda les sourcils froncés. Je ne pus m'empêcher de le regarder d'un air horrifié.

— C'est quoi ça ? De quoi parle-t-il, Chloé ?

François garda les yeux fixés sur moi tout en s'avançant.

— Hier soir, pendant que je me préparais à sortir, elle m'a tiré les cheveux et m'a parlé d'une façon vraiment menaçante. Elle s'attendait à la soumission de notre part parce que c'est elle qui a fait de nous ce que nous sommes.

Claude-Michel réfléchit aux paroles de François. La colère assombrit son regard, ce qui me fit peur.

— Est-ce que c'est vrai, Chloé ?

Je luttai pour ne pas perdre la maîtrise de mon expression, mais je savais qu'il pouvait voir la panique monter en moi. Même si j'étais consciente que c'était parfaitement stupide, je lançai à François un regard suppliant. Mais il me répondit par un air d'ignorance béate. Dans la forêt, cela avait quelque chose de grotesque.

Je hochai la tête et baissai les yeux.

— Oui.

— Est-ce que tu pourrais me faire ça à moi? demanda Claude-Michel d'une voix basse.

Je secouai la tête désespérément et m'avançai vers lui.

— Non, Claude-Michel, jamais je ne ferais ça…

— Mais alors, pourquoi fais-tu ça à mon plus vieil ami?

Je m'arrêtai, n'osant pas le toucher. Mes lèvres tremblaient.

— Je…

Je ne pus continuer.

— Et maintenant, il a le droit de te punir pour ça.

Une larme coula sur ma joue, mais je n'en tins pas compte.

— Claude-Michel, je vous en prie…

— Je ne veux plus rien entendre de ta part sur le sujet, fit Claude-Michel avec un geste de la main. François, pourquoi ne me l'as-tu pas dit avant?

— Je comprenais sa colère et, à ce moment-là, j'ai d'abord voulu faire la lumière sur cet incident. Mais plus ça va, plus le rôle que toi et moi devons jouer devient clair, celui des membres aînés de notre famille.

Il mit l'accent sur le dernier mot.

— Pour son propre bien, je crois que je dois offrir à Chloé l'occasion d'être guidée par moi… en plus de vous, évidemment.

Claude-Michel sourit.

— Et ce sera aussi pour le bien de François, non?

François le regarda avec le même air de parfaite innocence qu'il avait fait plus tôt. Cela me glaça le sang.

— Si nous étions seuls, fit-il d'un ton égal, je vous suggérerais de faire profiter Chloé de vos talents de guide dès maintenant, pendant que je vous observe. Mais en ce moment, je ne crois pas qu'il serait sage d'alarmer nos hôtes. Quand nous les connaîtrons mieux, nous nous servirons de Chloé comme exemple.

Je sentis la panique monter en moi.

— De quoi parlez-vous ?

Mais Claude-Michel me lança un regard qui me fit taire.

François se tourna vers Claude-Michel, les sourcils arqués.

— Quand nous les connaîtrons mieux, Claude-Michel ?

— Mais bien sûr, François. Tu ne peux laisser passer une telle occasion. Nous avons besoin d'un approvisionnement en nourriture plus régulier. Nous ne pouvons nous contenter de prostituées. Et ils forment une si belle paire.

— Nous les prendrons... par la séduction ou par la force ? demanda François.

Claude-Michel se tourna vers moi.

— Est-ce que c'est possible ? La morsure de vampire a-t-elle des effets toxiques ?

J'acquiesçai de la tête.

— La morsure a rendu la majorité de l'équipage de Gunnar docile. Gunnar se nourrissait de chacun d'eux de façon régulière. Pour qu'ils restent loyaux, disait-il.

— Tu vois, François, nous pouvons nous assurer de leur coopération tout en nous régalant.

— Et si la morsure n'a pas l'effet souhaité ? demanda François.

— Alors, nous procéderons par la force.

CHAPITRE QUATORZE

Puisque Claude-Michel avait décidé que je devais séduire Bernardo, je m'installai à côté de lui dans le carrosse le lendemain matin et suggérai à Florentine de s'étendre sur le siège derrière les hommes.

— C'est très confortable, dis-je en mentant.

François me regarda d'un air suffisant et se rapprocha de Claude-Michel. Je relevai le menton pour lui montrer que cela ne me touchait pas et me retournai vers Bernardo. Je savais que Claude-Michel observait la scène et que cela le divertissait. Or, je me demandais ce qui l'amusait le plus : les efforts évidents de François pour obtenir un peu d'affection de sa part ou mon acceptation peu enthousiaste de ses demandes, par peur d'être punie. Ou peut-être étaient-ce les tortillements de Bernardo.

À quelques reprises, j'effleurais la cuisse de Bernardo ou une boucle de ses cheveux, feignant la distraction. Il jetait alors des coups d'œil à Claude-Michel, comme s'il s'attendait à ce que celui-ci le poignarde sur-le-champ. Plus tard au cours de la journée, alors que nous nous arrêtâmes pour permettre aux chevaux de se reposer et nous étirer un peu, Claude-Michel prit le jeune homme à part. Je pensais que Bernardo allait faire dans sa culotte.

— Je t'en prie, prête-toi au jeu de ma femme, l'entendis-je lui dire. Elle devient insupportable si elle n'a pas l'occasion d'exercer son charme.

— Ah, fit Bernardo, je vais essayer.

Après cela, il se détendit un peu et se montra plus ouvert. Il raconta même une histoire. Florentine refusa de s'asseoir à l'arrière et insista pour s'installer de l'autre côté de son frère, en face de Claude-Michel. Elle devint charmeuse et joyeuse, sauf lorsque l'on abordait le sujet du mariage.

— Quel âge a donc ce vieil homme ? demanda Claude-Michel.

— Quarante, répondit la jeune fille en faisant la moue.

Je mis la main sur ma bouche, mais ne put m'empêcher de rire quand je vis les sourires de Claude-Michel et de François se figer un instant. Florentine le remarqua aussi et se dépêcha d'ajouter :

— Mais il n'est pas comme vous. Vous êtes beaucoup plus beaux que lui.

En disant cela, elle se pencha, et son regard passa plusieurs fois de Claude-Michel à François.

— Et il y a quelque chose en vous qui vous rend si vivants, si virils.

— Florentine !

— Ce n'est qu'un mot, Bernardo, ce n'est quand même pas un péché de faire des compliments à ses invités, non?

— Ce ne sont pas nos invités, chuchota Bernardo les dents serrées. Ce sont des hommes que nous avons engagés pour qu'ils nous protègent.

— Ce sont des comtes. Et nous ne les avons pas engagés. Je vous en prie, pardonnez-lui, il est très prude.

C'était une occasion que je ne pouvais laisser passer.

— L'est-il vraiment? fis-je en ronronnant.

Bernardo lança des regards noirs, ignorant mes doigts qui jouaient dans ses cheveux.

— Vous êtes très belle, fit soudain Florentine.

Je levai le regard vers elle. À voir la gravité de ses grands yeux bleus, ma poitrine se serra. Quand Florentine me fit un sourire hésitant, j'empêchai mes lèvres de bouger. Je ne voulais pas l'aimer. Je savais ce qui l'attendait et ne pouvais me laisser aller à ressentir de la pitié pour elle. Nous avions trop besoin de nourriture.

— Merci, répondis-je, puis je me retournai vers Bernardo avec un air boudeur. Tu vois? Ta sœur m'aime bien.

De nouveau, il se détendit un peu.

— Elle a raison, fit-il. Vous êtes très belle. Vous êtes un homme très chanceux, *Signore* du Fresne.

— Oui. Belle et douée.

Claude-Michel me regarda d'un air approbateur, ce qui me réconforta, même si je savais que ses propos étaient à l'intention de Bernardo.

Quand vint le temps de s'arrêter pour la nuit, Bernardo nous pria de l'excuser et s'éloigna dans le bois. Claude-Michel me regarda d'un air pressant, et je le suivis, pendant que

François détournait l'attention de Florentine en lui montrant une chauve-souris qu'il avait remarquée.

Je marchai facilement dans la noirceur au milieu des arbres, vaguement consciente de la beauté des ombres. Nous nous étions arrêtés plus tard que le soir précédent, et le sol de la forêt était plus sombre, noir même, pour les yeux d'un humain ordinaire. Cependant, mes yeux pouvaient voir des couches et des couches de noirceur, chacune existant sur son propre plan. Éclairés par le croissant de lune, les arbres lançaient un réseau nervuré qui recouvrait tout et faisait ressembler la forêt à un filet vivant rempli de chuchotements. Des formes semblaient glisser et filer entre les arbres. Je pouvais entendre le bruissement des créatures dans leurs terriers, de même que le son humide et rythmé d'un membre viril que l'on secouait tout près de là. C'étaient ces sons qui m'attiraient, au moment où l'appétit de la chasse prenait vie en moi. La tiède odeur de levure de Bernardo devint très forte. Nous étions liés comme le chasseur et la proie. J'étais marquée, tout comme lui, incapable d'échapper au destin que Gunnar m'avait tracé. Je me rappelai la dernière fois où j'avais couru dans une forêt, et fus heureuse que, cette fois, ce ne soit pas moi la proie.

Par habitude, je rentrai ma langue dans ma bouche en sentant mes crocs pousser. Mon estomac gargouilla, et je sentis monter une excitation dans mon entrejambe comme je n'en avais jamais ressenti avant ma transformation. C'est alors que je le vis.

Il se tenait dos à moi et frottait son membre vigoureusement en émettant de petits halètements affolés. Aussi silencieuse que les ombres, j'avançai jusqu'à lui et plaquai ma main sur sa bouche.

— Bernardo, fis-je en ronronnant, comme Claude-Michel l'avait fait en prononçant mon nom.

Pendant un instant, il resta immobile. Je pensai qu'il allait peut-être essayer de se déprendre de mon étreinte, mais il ne bougea pas d'un poil, ne lâcha même pas son érection. Je glissai ma main libre sous le tissu de sa chemise, caressai son ventre doux et l'attirai avec force contre moi. Il n'était pas plus grand que moi. Il ne m'aurait pas été difficile d'atteindre une veine, mais je savais que Claude-Michel serait mécontent que quelqu'un d'autre que lui se charge de soumettre le garçon.

— Tu peux crier si tu veux.

J'enlevai ma main qui était contre sa bouche et la glissai dans son pantalon pour trouver la tendre chair de son derrière. Il inspira un grand coup.

— *Signora* du Fresne, chuchota-t-il. Que faites-vous ? Où est votre mari ?

— Il est occupé. Je voulais te parler… en privé.

Sa main tremblait, mais se remit à bouger lentement de long de son membre.

— Je dois retourner là-bas. Ma sœur a besoin de moi.

— *J'ai* besoin de toi. As-tu déjà eu du plaisir avec une femme ?

— Oui, répondit-il d'un air indigné.

— Mais pas avec une femme comme moi.

Je le retournai vers moi. Accroupie devant lui, j'écartai sa main et engloutis son gland mouillé dans ma bouche, rendant sa queue encore plus dure.

— Mais votre mari, *Signora*…

— Il ne s'intéresse pas à mon corps, juste à mon argent, fis-je en frottant la base de son membre comme Gunnar m'avait appris à le faire. Il ne se soucie pas de ce que je fais.

Le garçon gémit et se laissa aller contre l'arbre pendant que, avec ma main et ma bouche, je le menai au bord de la jouissance. Puis, je me concentrai sur la petite poche tendue qui pendait entre ses jambes. Il y eut des pas dans la forêt que je savais être la seule à pouvoir entendre. Quand je vis Claude-Michel nous regarder, caché parmi les ombres de la forêt, je fis glisser le pantalon de Bernardo jusque sur ses chevilles et me couchai dans les feuilles. Il cessa toute résistance et releva ma jupe avec empressement. Il me jeta un œil surpris quand il vit que je ne portais rien dessous.

— *Signora,* fit-il du même ton qu'il prenait pour faire la leçon à sa sœur.

Il me pénétra avec un grognement d'intense plaisir et se mit à bouger en moi. Un instant plus tard, Claude-Michel s'emparait de lui, la main plaquée contre sa bouche. Les yeux de Bernardo s'écarquillèrent. Il s'immobilisa.

— Que fais-tu avec ma femme, hein ? fit Claude-Michel d'une voix caressante.

Bernardo se mit à gémir. Je le sentis ramollir en moi.

— Chut, fit Claude-Michel. Ne me réponds pas. Ce n'est pas ta faute. Tu ne sais pas ce qu'elle est.

Je m'attendais à ce que des vagues de dégoût me traversent, mais elles ne vinrent pas. Malgré la colère que m'inspirait le libertinage impénitent de Claude-Michel, j'étais fascinée de le voir soumettre le jeune homme et prenais plaisir à sentir le garçon trembler sur mon ventre et contre mes cuisses nues. Je pouvais voir, à la façon dont Claude-Michel tenait sa bouche fermée, que ses crocs avaient commencé à s'allonger. Il plissait ses lèvres de manière à les éviter, ce qui lui donnait une expression que je trouvais atrocement belle. Tout le corps de Bernardo devint mou.

— Tu as une si jolie sœur, murmura tendrement Claude-Michel. François et moi pourrions lui faire tant de choses.

Quelque part au plus profond du ventre du jeune homme, un cri de rage se forma et se fraya un chemin jusqu'à sa gorge, pour finalement mourir contre la main inflexible de Claude-Michel. Cela me donna envie de supplier Claude-Michel de me baiser, là tout de suite, sur le sol. Bernardo tenta de se déprendre, mais il ne put faire bouger son geôlier.

— Chut, fit Claude-Michel. Si tu restes silencieux, nous ne ferons aucun mal à ta sœur. Mais si tu cries, nous pourrions lui faire bien des choses.

Le garçon se raidit, respirant bruyamment, puis regarda de tous les côtés dans le noir.

— Ta sœur est seule en ce moment avec François et Jean. S'ils t'entendent crier, ils se chargeront d'elle. Est-ce que j'ai ta parole ?

Bernardo acquiesça de la tête.

— Très bien, fit Claude-Michel avant de relâcher sa bouche.

Bernardo laissa tomber sa tête comme un animal blessé, haletant.

J'étendis le bras pour le rassurer en passant mes doigts dans ses boucles. Il sursauta comme s'il avait oublié ma présence.

— Tout doux. Tout va bien se passer.

— Que me voulez-vous ? chuchota-t-il.

— Tout va bien, répétai-je, je suis là.

Derrière lui, Claude-Michel était en train de détacher son pantalon. Je me rendis bien compte que j'aurais dû être horrifiée. Or, je ne l'étais pas. J'avais envie de voir Claude-Michel prendre le jeune homme apeuré.

— Un homme bien éduqué sait qu'il existe toutes sortes de plaisirs dans la vie. Les belles femmes sont l'une de nos plus grandes joies. Toutefois, on n'oublie jamais le plaisir que les jeunes hommes découvrent ensemble, et la vue d'un beau garçon éveille toujours en moi une certaine nostalgie.

— Je vous en prie, chuchota Bernardo, ne faites pas ça.

Il cligna des yeux. Ceux-ci étaient pleins de larmes.

— Tu t'es sûrement déjà fait prendre par un homme, chuchota Claude-Michel.

— Jamais, répondit Bernardo.

Son ton était provocant, mais je sentais qu'un sanglot lui remontait dans la gorge.

Claude-Michel, dont la silhouette se dressait maintenant dans le noir derrière le jeune homme, sourit.

— Le plaisir de déflorer un puceau. C'est une chose sublime.

— Je vous en supplie, fit Bernardo en tentant de se retourner pour voir Claude-Michel, même s'il faisait maintenant presque parfaitement nuit.

Claude-Michel empoigna les hanches du jeune homme et pressa le bout de son érection contre lui.

— N'oublie pas… Si tu cries, ta sœur subira le même sort.

D'un seul coup, je pris la tête du jeune homme et couvris sa bouche de la mienne pendant que Claude-Michel poussait en lui. Bernardo se rebiffa et lutta sauvagement, mais nous le retînmes entre nous. Quand l'érection du garçon reprit vie, Claude-Michel entoura son ventre d'un bras et lui ordonna de me pénétrer à nouveau.

— Vous me faites mal, fit-il le souffle coupé.

— Fais-le, grogna Claude-Michel.

Bernardo obéit, les mains tremblantes. Claude-Michel se soutint avec ses mains pendant qu'il bougeait les hanches contre le jeune homme. J'inspirai d'un coup et tins Bernardo serré contre moi. Les cheveux de Claude-Michel frisaient un peu, formant de petites boucles sur ses joues. Finalement, Bernardo écarquilla les yeux et aspira bruyamment. Je sentis ses hanches donner quelques petits coups avant qu'il ne s'effondre sur moi, au moment même où Claude-Michel grognait, pris par la force de son orgasme.

— Alors maintenant, tu t'es fait prendre par un homme, chuchota Claude-Michel en se relevant en position agenouillée.

Il prit son mouchoir pour se nettoyer avant de refermer son pantalon.

— Par plus qu'un homme, en fait.

Bernardo se mit à pleurer sur moi. J'étais contente qu'il ne pût voir mes crocs dans le noir. Finalement, Claude-Michel le fit sortir de moi et l'immobilisa contre le sol avec un sourire satisfait.

— As-tu une idée de ce que je suis ?

Il ne tentait plus de dissimuler ses crocs. Je savais qu'il faisait maintenant assez noir pour que le jeune homme s'imagine avoir des hallucinations si jamais il les apercevait.

— Vous êtes un salaud et un sodomite, répondit Bernardo sans grande conviction.

— Oui. C'est vrai. Je suis également autre chose.

Il enfouit son visage dans le col de la chemise de Bernardo.

— N'oublie pas ta promesse de ne pas crier. Pense à ta sœur.

Et c'est alors qu'il enfonça ses crocs dans le cou du jeune homme.

Je regardai Bernardo se débattre. Je savais que ce n'était pas seulement sa volonté personnelle qui le faisait lutter avec autant de force. Cette fois, coincé entre les mâchoires d'un prédateur qui voulait son sang, il s'appuyait sur la volonté de ses ancêtres, revivant peut-être les vieux souvenirs de certains d'entre eux. Il cria, mais le son qui sortit de lui n'était pas un cri et ne ressemblait à rien d'humain. Cela ressemblait davantage à la lamentation d'un lapin en train de mourir, un son primal et lancinant.

Peu de temps après, la lutte cessa, et le garçon resta couché docilement sur le sol de la forêt pendant que Claude-Michel se nourrissait de lui.

Je suivis Claude-Michel pendant qu'il ramenait le garçon effondré vers notre camp, le portant dans ses bras comme une demoiselle affaiblie. Je m'obligeai à regarder Florentine quand elle regarda passer son frère. Son front se rida, elle cria et tenta de courir vers lui. François, assis à côté d'elle sur une couverture, la retint par le bras.

— Je pense qu'il a été mordu. Il se sentira mieux dans un jour ou deux.

— Mordu ? demanda-t-elle d'une voix aiguë.

Elle resta agenouillée, même si François la retenait vers l'arrière par le bras. De l'autre côté d'elle, Jean se releva en position accroupie et se tourna vers elle, comme pour lui bloquer le chemin.

— Floren…, fit le jeune homme dans un souffle.

Il tendit la main vers sa sœur au moment où Claude-Michel passait devant elle en le transportant.

— Bernardo?

Elle se débattait maintenant pour se déprendre de François et de Jean, qui la retenaient maintenant par les deux bras. Je fus surprise de voir l'air déterminé de Jean et pensai que le jeune homme, prêt à s'agenouiller à tout moment aux pieds de Claude-Michel, pourrait bien être prêt à violer lui-même la jeune fille.

— Qu'est-ce qui se passe, Bernardo? demanda-t-elle d'une voix désespérée.

— Des vam…, fut tout ce que Bernardo parvint à dire avant que Claude-Michel l'emportât dans le carrosse.

Je m'approchai de la fille, qui avait cessé de se débattre, mais qui continuait à regarder en direction du carrosse d'un air accablé. Lorsque Claude-Michel en ressortit, il arborait un air triomphant et lubrique. Jean s'écarta quand son maître arriva près de lui.

— Tout va bien aller.

C'était peut-être idiot de ma part de dire ça.

— Tu ne mourras pas. Je te promets que tu ne mourras pas.

Florentine me regarda d'un air affligé, les joues recouvertes de larmes.

— Mourir? Quoi? Qu'est-ce qui arrive à Bernardo?

Elle criait presque.

François la tint plus fermement et pressa sa joue contre l'oreille de la jeune fille.

— Chut, fit-il. Ne crie pas.

Claude-Michel s'accroupit devant elle et lui caressa doucement la joue. Elle regarda sa main comme un animal apeuré, essayant de temps en temps de se déprendre, mais n'arrivant qu'à se coller davantage contre François.

— Ton frère dort maintenant. Il va se réveiller demain.

Florentine leva les yeux vers Claude-Michel. Il tendit la main et se mit à enlever les épingles des cheveux de la jeune fille, qui, avec ses joues empourprées, avait un air enfantin.

— Que faites-vous?

Elle n'essayait plus de s'échapper.

— Est-ce que tu sais ce que je suis?

Elle le regarda l'air perplexe.

— Est-ce que tu sais ce que je suis? répéta-t-il en souriant avec désinvolture.

Elle secoua la tête lentement et le regarda l'air inquiet. Il approcha la bouche de l'oreille de la fille et chuchota :

— Un vampire.

Les yeux de Florentine s'écarquillèrent, et elle secoua de nouveau la tête, cette fois, désespérément.

— Non, fit-elle en tentant de se déprendre de l'étreinte de François.

— Nous sommes tous des vampires. Sauf Jean, qui a été jusqu'ici notre principale source d'approvisionnement. Il a maintenant besoin de repos.

Le regard de la fille passa de Claude-Michel à moi, puis à Jean, avant de revenir à Claude-Michel. Elle essaya à nouveau de s'échapper, tirant en direction du carrosse.

— Bernardo ! cria-t-elle. Bernardo !

Mais son frère ne répondit pas.

Claude-Michel tourna la tête de la jeune fille vers lui avec rudesse.

— Nous avons faim. Et nos reins sont en feu.

Quand François la relâcha et tendit le bras pour défaire le cordon de son corsage, elle tenta de se sauver en direction du carrosse. Claude-Michel l'attrapa par le bras et la secoua.

— Tu voudrais offrir ta fleur à un simple mortel ?

— Mais mon mariage...

— Il aura lieu sur le sol de cette forêt. Avec moi.

Ces mots eurent un grand effet sur la jeune fille. Elle ne se débattit plus quand François et Claude-Michel la dévêtir et étendirent sa robe sur le sol pour qu'elle puisse se coucher dessus. Je m'approchai d'elle et lui caressai les cheveux pendant que Claude-Michel la touchait et l'embrassait, lui laissant voir ses crocs. Je souris prudemment, car j'ai appris rapidement à devenir de plus en plus excitée quand je voyais Claude-Michel prendre quelque pauvre et innocente créature.

Jean s'assit près de nous. Il regardait la scène avec un grand intérêt, tout en tournant et retournant un caillou dans sa main. François se leva pour s'étirer, jetant de temps à autres un coup d'œil vers eux, puis s'installa le dos contre un arbre, les bras croisés, à me regarder. Je frissonnai en pensant à ce que j'allais avoir à supporter entre ses mains, mais j'écartai ces images de mon esprit et me concentrai sur ce qu'était en train de vivre Florentine.

Pendant que Claude-Michel embrassait sa poitrine menue et laiteuse, elle tourna son regard azur vers moi. Je lui souris, pour la rassurer.

— Tout va bien aller, chuchotai-je, aussi bien pour moi que pour elle. Il faut passer par là.

Elle hocha la tête et ferma les yeux, aspirant bruyamment de temps en temps, quand Claude-Michel éraflait sa peau de ses crocs ou qu'il passait sa langue sur un endroit particulièrement sensible de son corps.

Il était beaucoup plus doux avec Florentine qu'il ne l'avait été avec Bernardo, peut-être parce qu'il savait qu'elle le désirait. Peut-être parce qu'elle était vierge. Il taquina du bout de sa langue les tendres replis entre ses jambes. Elle inspira un grand coup, comme un cadavre reprenant vie. Ses yeux s'écarquillèrent. Pendant un instant, je crus qu'elle allait tenter de se relever, mais elle ne fit que tourner les yeux dans ma direction. Je me penchai et l'embrassai sur le front.

— Laisse-toi aller à avoir du plaisir.

Claude-Michel se releva soudainement sur les genoux et enleva sa chemise. Il regarda la jeune fille en souriant, la laissant le regarder à son tour. Quand il libéra son érection, je pus voir, à la façon dont ses traits se décomposèrent, que Florentine n'avait jamais vu le sexe d'un homme auparavant. Elle se mit à gémir.

Claude-Michel se plaça près de l'ouverture de la jeune fille et, avec douceur, la fit taire. Il ne lui fallut pas longtemps pour entrer en elle. Florentine eut un petit cri quand il la pénétra complètement. Claude-Michel s'installa au-dessus de son corps et lui chuchota des mots à l'oreille tandis qu'il bougeait les hanches doucement, la laissant s'habituer à la sensation et lui laissant la chance de ressentir un certain plaisir. Il essuya ses larmes avec ses lèvres et lui dit qu'elle était belle. Je le regardai aller et venir en elle pendant de longues minutes.

J'étais de plus en plus excitée et je me demandais si je pouvais diriger son attention vers moi quand il aurait fini de créer des gens pour nous ravitailler.

Il finit par baisser la tête et commença à fouiner dans le cou de la fille. Elle comprit subitement ce qui allait se passer et commença à s'énerver.

— Non, pleurnicha-t-elle. Je vous en prie.

Mais c'était trop tard. Elle cessa de respirer et écarquilla les yeux, et je sus qu'il avait percé sa peau. Elle ne lutta plus et ses yeux devinrent vitreux, comme c'était arrivé à Bernardo plus tôt, pendant que Claude-Michel buvait son sang.

CHAPITRE QUINZE

Claude-Michel me promit d'être à moi la nuit suivante. Cependant, c'était à son tour de s'occuper de la surveillance pendant que tout le monde dormait. Je n'arrivais pas à dormir, même si je faisais de gros efforts pour y arriver, couchée dans les bras de Jean à même le plancher du carrosse. François sommeillait sur le banc, au-dessus de nous. Je sentais qu'il avait conscience de moi et que, d'une certaine façon, il me surveillait.

Après que Jean eut commencé à ronfler, je chuchotai à François :

— Pourquoi me détestez-vous ?

— Ma chère, je ne te déteste pas, fit-il sans ouvrir les yeux. Je veux juste que tu saches quelle est ta place et que tu y restes.

Je me retournai vers lui.

Il s'assit, adossé contre le côté du carrosse, et regarda Claude-Michel par la fenêtre. Puis il esquissa un sourire et se retourna paresseusement vers moi.

— Claude-Michel et moi nous connaissons depuis toujours, et chaque instant, je l'ai adoré. Nous avons tout fait ensemble et, évidemment, j'étais beaucoup trop jeune, au début, pour comprendre mes sentiments. Je n'ai compris que plus tard, et alors, j'ai stupidement attendu qu'il veuille bien me prendre. Il prenait d'autres gars, alors pourquoi pas moi ? Puis il s'est marié et, à ce moment-là, j'avais mes habitudes. Nous avions notre façon de vivre, et je croyais alors que si j'y changeais quoi que ce soit, tout l'univers que nous avions créé allait s'effondrer.

L'intensité qui brillait dans ses yeux me fit peur.

— Maintenant, la seule personne qui constituait un obstacle entre nous n'est plus, et tu ne vas pas prendre sa place.

Je plissai les yeux en le regardant, déterminée à ne pas montrer ma peur.

— Je marche aux côtés de Claude-Michel depuis bien avant ta naissance. J'ai tout partagé avec lui. J'ai été avec lui à la guerre, et je l'ai sauvé de cette femme, Katarina.

Ce nom m'intéressait parce que j'avais entendu Claude-Michel dire à François qu'il voulait la retrouver.

— Vous l'avez sauvé ? Comment ?

— Nous devions rentrer à Paris, et il ne voulait plus partir. Alors, j'ai averti quelqu'un de la police, je lui ai dit où se trouvait le campement des gitans. J'ai ajouté qu'il y avait quelques hommes qui fomentaient un complot, qui prévoyaient enlever et violer une des jeunes femmes les plus haut placées de la ville.

— Et c'était vrai ?

— Oh, je ne sais pas, fit-il avec un grand geste de la main. Sans doute. Ce n'est pas très important. Il y a eu une rafle au campement. Je pensais qu'ils allaient peut-être recevoir une raclée, mais les gitans se sont défendus, et le père a été tué.

— Le père de Katarina ?

François hocha la tête. Quelque chose se transforma dans son visage, et je sentis qu'il éprouvait des regrets.

— Claude-Michel avait appris à aimer le violon en écoutant cet homme en jouer. Alors, Katarina était revenue pour laisser le violon du père dans notre chambre pendant que Claude-Michel dormait. J'étais éveillé. Elle m'a demandé de tout lui expliquer, ce que j'ai fait. Évidemment, le lendemain, il m'a frappé parce que je ne l'avais pas réveillé. Il voulait partir à la recherche de Katarina, mais il était trop tard.

— Mais c'est terrible d'avoir fait ça, d'avoir dit à la police de telles choses. Claude-Michel semble avoir aimé cette femme.

— Cette femme avait près de quarante ans, et c'était une gitane. Qu'aurait-il fait ? Il avait vingt ans, une vie à la cour qui l'attendait, à Paris. Je l'ai sauvé.

— Est-ce qu'il sait ?

— Peut-être.

François resta silencieux quelques instants.

— C'est le violon que ton pirate a détruit. Son violon gitan adoré. Le dernier vestige de ce rêve impossible avec Katarina. Du moins, c'est ce que je pensais. Maintenant, il insiste pour retrouver le fils de cette femme. Je n'ai pas l'intention de laisser une femme morte, ou son bâtard de fils, devenir un obstacle entre nous.

Je faillis dire : *un fils ?* C'était la première fois que j'en entendais parler.

— Ni toi, d'ailleurs, fit-il en souriant tout en laissant ses jambes tomber sur le côté du banc. Et maintenant, il vaudrait mieux que je réveille notre garde avant que les loups nous attaquent.

Il descendit de son siège et m'enjamba à quatre pattes.

— Pas un mot de tout cela. Compris… chérie[64] ?

— Compris.

Il posa sa main sur mon sein au travers de ma chemise.

— Que faites-vous ? Vous n'aimez même pas les femmes.

Il me tordit le mamelon de manière à me faire mal, pour me faire réagir. Tout en parlant, il glissait sa main vers mon ventre, puis vers ma jambe. Il remonta ma chemise de nuit.

— Disons simplement que j'ai appris, avec les années, à apprécier certaines choses. Claude-Michel t'a prise, alors quand je te prendrai, ce sera un peu comme si je faisais l'amour avec lui. Tu seras une chose de plus qui nous relie, comme un jeu que nous aimons tous deux. Ou un jouet.

Je le regardai bouche bée pendait que ses doigts se frayaient un chemin à l'intérieur de moi. Il garda les yeux fixés sur moi pendant qu'il faisait entrer et sortir ses doigts, qu'il stimulait mon clitoris avec son pouce, éveillant mon corps. Je ne m'attendais pas à ce qui vint ensuite. Il ouvrit son pantalon et se mit à m'aguicher avec le bout de son érection.

— Que faites-vous, François ? sifflai-je.

— Ce que Claude-Michel m'a donné l'autorisation de faire.

---

64. N.d.T. : En français dans le texte original.

Il poussa tout son membre en moi. Je ne pus m'empêcher d'inspirer bruyamment. Puis je regardai Jean. Il ouvrit les yeux rapidement, prit note de ce qui se passait, puis se tourna dos à nous.

Mon corps me trahit, comme il le faisait toujours avec Gunnar. J'en avais assez de lutter contre lui, alors je remontai les hanches pour les presser contre les siennes. Si c'était ça que devait être ma place dans leur petite « famille », alors j'allais au moins profiter du plaisir que je pouvais en tirer, exactement comme j'avais suggéré à Florentine de le faire. De plus en plus excité, François baissa la tête, mit son visage dans mes cheveux et réchauffa mon cou de ses chuchotements.

— Te souviens-tu de l'histoire qu'il t'a racontée sur le bateau ? De la fessée qu'il avait donnée à sa femme ?

— Oui, chuchotai-je en réponse.

Le son de sa voix dans mon oreille m'apaisait et me portait à accorder mon rythme au sien.

— Mais vous, vous étiez fiévreux et délirant.

— Je n'étais pas assez fiévreux pour ne pas vous entendre parler. Je me souviens très bien de cette nuit-là. Claude-Michel ne t'a pas dit ce qu'il faisait avant de découvrir que son fils ne s'était pas rendu au palais.

François fit une pause pour respirer dans mon oreille tout en continuant de bouger en moi. Ma bouche s'entrouvrit, et je respirai avec lui pendant que son corps bougeait contre le mien. Je n'arrivais pas à croire ce qui se passait, j'étais surprise d'être excitée autant en me faisant baiser par François sur le sol du carrosse.

— Il pourchassait sa nouvelle conquête dans le labyrinthe du roi. Et moi, je les poursuivais tous deux.

Il grogna à ce souvenir et ralentit le rythme, poussant en moi, me ramonant.

— Il y avait beaucoup d'amants dans le labyrinthe ce soir-là, et Claude-Michel a dû s'excuser plusieurs fois. La fille était une jeune marquise, fraîchement mariée. Quand il a fini par l'attraper, j'étais de l'autre côté de la haie, où personne ne pouvait me voir. J'ai entendu la fille pousser un petit cri, et cela m'a donné envie de regarder au travers de la haie, alors j'y ai fait un petit trou avec la main. Je l'ai vu qui la tenait contre lui, qui pressait son ventre au travers du corset, qui promenait sa main dans les multiples couches de sa jupe. La nuit… avait une odeur de cheval et de sueur. Je dus me forcer à respirer discrètement pendant que je me caressais, mais les bruits de leur passion et la fille qui faisait semblant de lutter contre lui, tout cela m'excitait terriblement.

— Avez-vous sorti votre érection de votre pantalon?

J'étais trop excitée pour me retenir de poser la question.

— Oui. Elle était dure et humide. Je voulais baiser cette fille avec Claude-Michel. Je voulais la baiser pendant que lui me baisait. Je savais, au moins, que je pourrais m'offrir la fille plus tard, quand il s'en lasserait.

Ces paroles me troublèrent, mais je refusai de m'imaginer Claude-Michel se désintéressant de moi, surtout après qu'il eut dit qu'il voulait me garder comme il avait gardé sa femme et Jean.

— Elle se plaignait qu'il allait défaire sa perruque et pleurnichait en disant qu'il lui avait promis de jouer du violon pour elle, que la reine trouvait qu'il jouait à merveille. C'était vrai. Mais il ne s'intéressait pas aux violons. Il voulait prendre la fille, là, dans la haie. Exactement comme je te prends maintenant, fit-il en baissant la voix de manière menaçante.

Ce fut mon tour de gémir.

— « J'ai d'autres talents, Madame[65], que je préférerais vous faire découvrir », lui disait-il, puis il a remonté la jupe de la jeune fille. Comme elle, j'ai eu le souffle coupé quand il a glissé ses doigts en elle. Il chuchotait, mais j'arrivais encore à entendre ce qu'il disait. « Ne me forcez pas à venir vous chercher aux petites heures du matin, chérie[66], quand personne ne sera là pour vous protéger. »

Pendant un instant, François se contenta de faire aller et venir ses hanches contre moi, et je soulevai les miennes pour les presser contre lui. Ma hanche frottait contre le derrière de Jean pendant notre baise, mais il ne fit rien pour s'écarter.

— Elle lui a demandé pourquoi, continua de chuchoter François. « Parce qu'alors, ma chère, je n'aurai aucune pitié. Tu te réveilleras et tu me verras dans ton lit, les yeux fous de désir. » Évidemment, je connaissais ces paroles et pouvais les chuchoter en même temps qu'il les prononçait. « Je t'empêcherai de crier, comme ça… »

François plaqua sa main sur ma bouche.

— « Est-ce que tu sais ce que je te ferai alors ? Hum ? »

François me regardait avec une telle intensité que je me demandais si l'histoire s'était transportée dans le présent et si les paroles s'adressaient maintenant à moi. Je continuai simplement à le fixer, mon inquiétude allumant encore davantage mon désir.

65. N.d.T. : En français dans le texte original.

66. N.d.T. : En français dans le texte original.

François avait maintenant les dents serrées.

— «Je vais te prendre sans pitié, tel un animal. Je vais gronder, grogner, et tu seras impuissante sous mon corps.» Quand je l'ai entendu dire ces mots, j'ai versé mes perles dans la haie.

Il me regarda d'un air satisfait, pendant que son corps s'appropriait le mien, mais je ne m'en souciai pas. Ses mouvements et sa respiration se firent plus insistants. Il finit par enfouir son visage dans mes cheveux et chuchoter le nom de Claude-Michel, augmentant l'intensité de ses mouvements jusqu'à me faire gémir, se déversant en moi.

Il resta de longs moments sans bouger, tentant de se ressaisir, de reprendre la maîtrise de sa respiration. Puis, brusquement, il s'agenouilla et attacha son pantalon.

— Je souhaite être seul avec Claude-Michel, ne nous dérange pas, je te prie.

J'acquiesçai de la tête. Quand il fut parti, je restai là, étendue, à me caresser tout en les écoutant, jusqu'à ce qu'un orgasme me réchauffe le ventre et se déploie jusqu'au bout de mes jambes avec des éclairs de feu.

Ils parlaient tout doucement, mais peut-être avaient-ils oublié l'acuité auditive des vampires, car j'entendais parfaitement ce qu'ils disaient.

— As-tu eu du plaisir, ce soir, mon ami[67]? demandait François.

— C'était extraordinaire. Le frère et la sœur forment une paire magnifique.

Je m'éloignai de Jean et ouvris le rideau afin de voir Claude-Michel et François, puis je m'installai à l'endroit qu'occupait

67. N.d.T. : En français dans le texte original.

François un peu plus tôt, appuyée contre le mur du carrosse. Leurs voix me parvenaient faiblement, mais clairement.

— Très bien, fit François. Je suis content que cela t'ait plu.

François étendit le bras et caressa une boucle qui pendait près de la mâchoire de Claude-Michel.

— Tu aurais besoin de quelques soins.

— Oui, répondit Claude-Michel.

J'eus un sentiment étrange… je me sentis loin, j'eus l'impression que les deux hommes partageaient quelque chose où je n'aurais jamais ma place. Cela m'attrista.

Pendant un moment, personne ne parla. Puis Claude-Michel brisa le silence.

— Tu sais, François, tu es avec moi depuis plus longtemps que quiconque. Dans tout ce que j'ai vécu, tu as été à mes côtés.

— Je dois trouver une façon de me sentir supérieur.

Claude-Michel ignora son commentaire.

— Tellement de temps s'est écoulé sans que je m'en rende compte. Maintenant que tout a pris fin de façon abrupte…

Claude-Michel soupira. Je me demandai s'il parlait des plans de mariage qu'il avait faits pour son fils. Puis il continua.

— Te rappelles-tu quand nous étions des enfants ?

Il s'arrêta inopinément.

— Je me coupe sans arrêt sur ces foutus crocs.

François se pencha et l'embrassa, directement sur la bouche. J'avais envie de courir jusqu'à eux et de lui arracher ses « boucles dorées » par la racine.

— Je t'aime depuis plus longtemps que tu peux te l'imaginer, fit François.

Claude-Michel soupira.

— Je ne suis pas un homme qui parle d'amour, François.

— Je sais.

Ils restèrent tous deux assis en silence, pendant que moi, dans le carrosse, j'avais le cœur qui battait la chamade. Je ne les entendis plus parler pendant un très long moment. Je crois m'être assoupie. Et puis, un peu plus tard, je me rendis compte que le soleil était en train de se lever et que Claude-Michel était debout.

— Ils ont assez dormi, dit-il, puis il baissa les yeux vers François, qui était encore assis le dos contre un arbre. Tu voudrais ta consommation avec Chloé, oui ?

J'eus l'impression que mon cœur avait arrêté de battre. Cela ne me plaisait pas du tout.

— Ma… consommation ?

— La punition pour t'avoir tiré les cheveux. Cela signifie quelque chose pour toi.

Je sentis ma bouche devenir sèche. J'avais espoir, un petit espoir, qu'ils allaient oublier.

François se leva.

— Cela signifie que toi et moi sommes les parents de cette famille.

— Et Chloé, qu'est-ce qu'elle est ?

— Elle m'est inférieure.

Ma bouche s'entrouvrit. J'avais l'impression que ce qu'il venait de dire aurait dû me fâcher, mais je ne fis que me refermer davantage sur moi.

Claude-Michel sembla réfléchir à tout cela. Puis il hocha la tête et donna un coup sur la porte du carrosse.

— Jean ! appela-t-il.

Il entra et faillit marcher sur le garçon. Je ne tentai pas de cacher le fait que je les avais observés. Claude-Michel ne parut pas le remarquer. François me fixait, l'air ravi.

Jean leva la tête et cligna des yeux.

— Vous deux, fit Claude-Michel en me regardant, allez les chercher.

Je regardai Jean, l'air inquiet. Il hocha la tête et se leva.

— Oui, Monsieur[68], fit-il en enfilant son pantalon et sa chemise.

Il sortit du carrosse pour remonter à l'arrière. Je restai où j'étais, mon regard se promenant entre Claude-Michel et François. François me regardait avec un mélange de dédain et de plaisir.

Quelques instants plus tard, Jean avait réveillé les deux autres, qui se trouvaient maintenant assis sur une couverture près des braises encore fumantes. Ils étaient encore assommés par leur première morsure. Je sortis discrètement du carrosse sans remettre mon corsage, mais restai debout, une main posée sur la porte. J'avais l'impression que je risquais de vomir d'un moment à l'autre. Je n'arrivais pas à croire que cela se passait vraiment, que Claude-Michel allait laisser François me fouetter.

Florentine regardait autour d'elle avec des yeux fous et paniqués. Quand elle vit Claude-Michel, elle se mit à gémir et fit mine de se sauver. Jean s'accroupit à côté d'elle et posa son bras sur sa frêle épaule.

— Chut, fit-il. Chut… Personne ne te fera de mal aujourd'hui.

68. N.d.T. : En français dans le texte original.

— À moins qu'elle se montre désobéissante, dit Claude-Michel.

Bernardo cligna des yeux en le regardant.

— Quoi ? Vous...

Il paraissait troublé. Ses yeux étaient écarquillés.

Les traits de Florentine se décomposèrent et elle tenta de se déprendre de l'étreinte de Jean. Claude-Michel s'accroupit devant elle et lui toucha le menton.

— As-tu bien dormi ?

— Ne touchez pas à ma sœur, fit Bernardo.

Je regardais tout cela avec horreur, sachant que c'était moi qui allais être l'attraction principale de cette scène.

Claude-Michel se retourna vers Bernardo sans rien dire. Bernardo se mit à transpirer. Claude-Michel donna quelques petites tapes sur la joue du garçon.

— Tu n'as pas à jouer au héros qui protège la femme vertueuse. Il n'y a plus de vertu à protéger.

Bernardo regarda Florentine, qui baissa la tête et se mit à sangloter. Une partie de moi compatissait avec ces petits enfants abandonnés dans la forêt. Ils venaient de vivre ce que j'avais vécu quelques mois plus tôt : ils avaient été arrachés à leur vie et étaient devenus des esclaves. Toutefois, ma pitié s'estompa vite, malgré les paroles de Claude-Michel.

— Hier, ta sœur vierge a été prise par deux vampires sur le sol de la forêt. Vous appartenez maintenant tous deux à ces vampires. De plus, vous allez faire tout ce que nous vous disons de faire, sinon, vous en subirez les conséquences.

Bernardo baissa les yeux, puis toucha la marque de morsure dans son cou. Il tressaillit. Ses yeux s'écarquillèrent.

— Que voulez-vous de nous ?

Claude-Michel sourit.

— Votre sang et votre corps.

Bernardo sembla considérer la chose.

— Et quelles conséquences risquons-nous de subir ?

— Vous avez dit que vous n'alliez pas nous tuer, fit Florentine d'une voix que la peur rendait aiguë.

Claude-Michel la regarda d'un air presque aimable, comme un père qui regarde un très jeune enfant apeuré par un monstre imaginaire.

— Non, répondit Claude-Michel, nous ne vous tuerons pas. Cependant, ce matin, nous allons vous faire la démonstration de ce qui va vous arriver si vous n'obéissez pas. Chloé, viens ici.

Il avait pris une voix menaçante pour dire la dernière phrase.

Mon estomac se noua. Je secouai la tête.

— Claude-Michel...

— Fais ce que je te dis de faire, dit-il en clignant des yeux. Viens vers moi.

Je m'agrippai plus fort à la porte du carrosse.

— Mais Claude-Michel, vous ne pouvez pas... Je croyais que...

— Chloé ! cria-t-il.

Florentine cessa de pleurer. Bernardo avala bruyamment. Même Jean et François sursautèrent. Claude-Michel sourit et prit une voix plus douce.

— Si tu ne viens pas à moi quand je te le demande, ce sera pire. Tu ne voudrais pas que ce soit pire, n'est-ce pas ?

J'obéis, mais ne pus empêcher mes lèvres de trembler. Il me prit par les poignets et m'immobilisa.

— Jean, si Bernardo ou sa sœur tentent de s'enfuir, retiens-les.

— Oui, Monsieur[69], répondit Jean.

— Si tu n'y parviens pas, tu recevras des coups de fouet.

— Oui, Monsieur[70].

— Quiconque essaiera de s'enfuir recevra des coups de fouet, fit Claude-Michel.

Florentine se rapprocha de son frère.

— François, sors la cravache du carrosse et déshabille Chloé.

François sortit du carrosse en tenant la cravache comme une épée. En passant près d'eux, il jeta un regard vers le frère et la sœur, qui le regardèrent apeurés. Ils avaient des cernes noirs sous les yeux, mais je pouvais voir qu'ils étaient parfaitement réveillés.

Je regardai par-dessus mon épaule François approcher. Des larmes coulaient sur mes joues, mais je ne tentai pas de me défaire de l'emprise de Claude-Michel. J'étais résignée à mon sort.

— Ne bouge pas, roucoula Claude-Michel au moment où François s'approchait.

Il relâcha mes poignets pour me passer ma chemise par-dessus la tête. Puis il reprit mes poignets. Il me regarda dans les yeux tout en s'adressant au frère et à la sœur.

— Je suis votre maître. Vous allez m'obéir pour toute chose, ou vous serez punis. François est mon second et aura lui aussi le droit de vous punir. Obéissez-lui, sauf si sa volonté

---

69. N.d.T. : En français dans le texte original.

70. N.d.T. : En français dans le texte original.

s'oppose à la mienne. Chloé a manqué de respect à François, et elle doit maintenant en subir les conséquences.

Claude-Michel regarda en direction de François.

— Quand bon te semble.

Je baissai la tête. Je n'étais pas prête à recevoir le premier coup de cravache qui s'abattit dans mon dos. Je ne pouvais m'empêcher de pleurnicher comme une enfant, et tout mon corps tremblait. Mes mains formèrent des poings. Claude-Michel me tenait fermement les poignets pendant que François me fouettait encore et encore. Mon corps luttait. La douleur était presque insupportable. Mes genoux cédèrent plusieurs fois. Quelque part à l'extérieur de moi, j'entendis le nom de François. C'était Claude-Michel.

— Assez !

Je tombai contre lui et me mis à sangloter sans retenue dans ses bras, en partie parce que j'étais soulagée que ce soit fini, en partie juste parce que c'était arrivé.

— Claude-Michel, fit François en riant. Tu ne peux pas me demander d'arrêter maintenant, je viens à peine de commencer.

— C'est assez, François. Quand tu les punis, ton esprit doit rester présent.

— Oh, dit François. Bien sûr.

— Si tu veux démontrer davantage ton pouvoir sur elle, tu peux la prendre.

J'attendis pour voir ce qu'il allait répondre.

— Peut-être plus tard.

François s'éloigna.

CHAPITRE SEIZE

Une semaine plus tard, nous étions à Venise.

Avec l'argent qui nous restait, nous avons pu trouver un appartement convenable, en plus de mettre les chevaux et le carrosse à l'écurie. Le lendemain, Claude-Michel utilisa ses comptes vénitiens pour acheter des vêtements neufs pour tout le monde, y compris des vêtements de domestiques pour Bernardo et Florentine. Il n'y en avait toutefois pas pour moi, ce qui fit bouder François et qui me fit bien rire. François avait insisté pour y aller avec lui. Il lui avait suggéré de ne pas prendre d'argent provenant de ses comptes parisiens. Il valait en effet mieux pour l'instant qu'on le croie mort.

— Il sera évident que je ne suis pas mort lorsque nous reviendrons à Paris.

— Il me reste encore du temps pour te convaincre de ne pas y aller, répondit François avec un sourire narquois.

Les autres firent tous semblant de ne pas entendre la conversation. Florentine levait parfois la tête d'un livre que Claude-Michel lui avait acheté, Bernardo faisait les cent pas dans la pièce comme un tigre enragé alors que Jean rangeait des choses. J'étais assise sur le canapé à côté de Florentine, mon attention passant de la jeune fille qui lisait, à la conversation entre les deux hommes. J'étais curieuse de savoir ce qui allait se passer maintenant.

Pendant leur sortie, François et Claude-Michel avaient trouvé l'endroit où vivait le fils de cette fameuse Katarina.

— Ce serait fou d'aller à Paris, fit François à voix basse.

Pour une fois, j'étais d'accord avec lui.

— Peut-être, répondit Claude-Michel.

L'appartement avait deux chambres qui communiquaient : la chambre principale avait un grand lit et l'autre avait deux petits lits. François tenta de changer de sujet en proposant que Claude-Michel et lui prennent la chambre principale et que tous les autres s'installent dans l'autre pièce.

— Non, fit Claude-Michel. Chloé dormira avec moi. Tu seras mon représentant dans la chambre des domestiques. Je veux que tu prennes Bernardo dans ton lit et que tu lui montres comment faire plaisir à un homme. Jean en fera autant avec Florentine.

Je jetai un coup d'œil à Jean, qui s'était tourné vers Claude-Michel et ne pouvait camoufler sa joie.

François paraissait abattu.

— Claude-Michel, que dis-tu ? N'étions-nous pas d'accord pour dire que nous étions les responsables de la famille ? Les parents ? Alors, ne devrions-nous pas, toi et moi…

Claude-Michel leva la main d'un air impatient.

— Je ne sais pas quelle folie te tient, mais moi, je préfère dans mon lit, nuit après nuit, une jolie femme. Ne me fais pas regretter ce que nous avons partagé en te comportant comme une femme plutôt que comme un compagnon.

François ouvrit la bouche, écarta les deux bras en guise de supplication, puis se fit à lui-même un geste d'indignation.

— Ne t'es-tu pas servi de Jean depuis qu'il travaille pour toi ?

Claude-Michel parut fatigué.

— Mais Jean est un jeune homme. Toi, mon ami, tu as 45 ans.

— Mais je suis encore beau, fit François l'air boudeur.

C'était vrai, je devais l'admettre. La transformation avait effacé le peu de gris qu'il avait dans les cheveux, leur donnant un éclat beaucoup plus doré qu'avant. C'était encore un très bel homme. Toutefois, Claude-Michel avait raison. Ses traits avaient une dureté masculine que ceux de Jean n'avaient pas encore.

— Bernardo est beau et jeune, dit Claude-Michel. Il dormira avec toi…

Il sourit d'un air narquois.

— … jusqu'à ce que je l'appelle. Il est à moi, après tout.

— À toi ? Qu'est-ce qui te fait croire qu'ils peuvent tous t'appartenir ? Qu'est-ce qui te donne le droit de tous te les approprier ?

— Si tu veux me défier, François…

Le regard de François perdit toute assurance. Je savais déjà à l'époque qu'ils avaient tous les deux été soldats. Ils maniaient très bien les armes et savaient se battre, mais Claude-Michel avait toujours dominé François. Depuis le moment où je les avais rencontrés, je soupçonnais que François ne voudrait jamais provoquer Claude-Michel en duel, et j'avais raison.

Claude-Michel s'approcha et posa sa main sur la joue de son ami. François inspira et se laissa aller contre lui. Il ferma les yeux et ne sembla pas se soucier de savoir qui était là, dans la pièce, à observer la scène. Claude-Michel parla doucement.

— Nous sommes les plus forts de notre petite famille. Nous devons être présents auprès de nos enfants, sinon ils risquent de devenir agités. Ça ne veut pas dire que je t'aime moins.

À ma grande surprise, il donne un long baiser à François. Je regardais la scène, bouche bée.

— Laisse-moi sortir avec toi ce soir, fit François dans un souffle.

— Non, mon ami[71]. Tu dois rester ici. Tu veilleras sur les enfants. Je ne serai pas parti longtemps.

— Mais que feras-tu de ce garçon gitan ? Penses-tu qu'il va soudainement se mettre à t'appeler papa ? Il a sûrement plutôt envie de te tuer.

— Ce sera difficile à faire, si c'est ce qu'il veut. Bon, maintenant, je dois dormir un peu.

Il s'étendit sur le lit et s'assoupit. Je me recroquevillai tout près de lui, mais fis semblant de dormir. Cela me permit d'entendre François sortir, puis le frère et la sœur se retirer dans l'autre chambre, chuchoter quelque temps, pour

71. N.d.T. : En français dans le texte original.

finalement cesser de parler. Je ne bougeai pas non plus quand Jean vint réveiller Claude-Michel.

— Nous devons nous dépêcher, Monsieur[72]. Les chevaux sont prêts.

Je sentis Claude-Michel s'asseoir, balancer ses jambes sur le côté du lit. J'entrouvris à peine les yeux. Jean coiffait les cheveux de Claude-Michel. Le garçon était déjà habillé. Il portait un manteau bleu pâle texturé qui allait bien avec son teint et un ruban bleu assorti. Il se retourna vers moi. Je fermai rapidement les yeux.

— Nous formons une belle paire, toi et moi, Jean, dit Claude-Michel.

— Monsieur[73] Villaforte n'aimerait pas vous entendre dire ça, Monsieur[74].

J'aurais pu jurer avoir entendu un soupçon d'ironie dans sa voix.

— Il est jaloux maintenant.

— Oui[75], répondit Claude-Michel avec un geste de la main. François, Chloé, j'ai trop d'épouses. C'est très bien que toi, tu ne sois pas jaloux.

— Si vous êtes heureux, je suis heureux, Monsieur[76].

— Quelle loyauté ! Chloé aurait peut-être dû te transformer plutôt que François.

Entendre mon nom fit palpiter mon cœur, même s'il ne l'avait mentionné qu'en passant.

— Où est mon vieil ami ?

72. N.d.T. : En français dans le texte original.

73. N.d.T. : En français dans le texte original.

74. N.d.T. : En français dans le texte original.

75. N.d.T. : En français dans le texte original.

76. N.d.T. : En français dans le texte original.

— Il a dit qu'il avait besoin de se changer les idées.

Claude-Michel fit un grognement.

— Alors, ce sera à Chloé de veiller sur nos beaux jeunes Italiens. Elle en est certainement capable.

Je ne pus m'empêcher d'entrouvrir les yeux pendant que Jean aidait Claude-Michel à revêtir son nouvel habit : une veste bleue royal avec des rubans assortis pour ses cheveux; des chaussures argentées avec des boucles; des bas blancs qui soulignaient la courbe impressionnante de son mollet. Il ne voulait pas de maquillage, disant qu'il souhaitait rester discret, ni de perruque, préférant arborer sa chevelure naturelle comme, disait-il, le faisaient maintenant les jeunes hommes à Paris. Une fois Claude-Michel habillé, Jean sortit pour aller chercher les chevaux. Claude-Michel se regarda dans le miroir.

— J'espère qu'il y a un petit peu de Katarina dans son fils, fit-il doucement. Et j'espère qu'il y a aussi une part de moi en lui.

Je décidai de cesser de faire semblant de dormir, surtout que les moments où je me trouvais seule avec Claude-Michel étaient rares.

— Vous êtes très beau, Monsieur[77], fis-je en m'assoyant.

Il se retourna rapidement, l'air surpris. Puis il sourit. Il vint près du lit et me passa les doigts dans les cheveux, chatouillant ma nuque. Ma mâchoire se relâcha. J'aurais voulu l'avoir juste pour moi pendant quelque temps.

— Ma chérie, fit-il. Tu es magnifique le matin.

— Ce n'est pas le matin, Claude-Michel.

Je levai les yeux vers lui, incapable de ne pas sourire.

77. N.d.T. : En français dans le texte original.

— Ah, mais l'univers tourne autour de nous. Nous sommes le soleil qui illumine sa voie. Comme nous venons de nous lever, alors ce doit être le matin.

Je ne sais pourquoi, mais ses taquineries me rendirent triste.

— Qu'y a-t-il, chérie[78] ?

Je secouai la tête, me levai du lit et enfilai quelque chose pour me couvrir. J'ouvris les fenêtres du balcon et posai mes mains sur la balustrade. En bas, un enfant passait près d'un groupe d'hommes en courant. Au loin, j'entendis une voix de femme appeler Paolo.

— Je me suis vite habituée à ces choses, dis-je. À ces fenêtres, à ces tissus magnifiques. Mon mari n'a jamais réussi à…

Je fus incapable de continuer. Je n'aimais pas me laisser aller à repenser à lui, à mes enfants. Mes souvenirs me brûlaient comme le feu.

— Mais il m'aimait.

Claude-Michel s'approcha de moi.

— Tu pleures ta famille comme je pleure la mienne.

Je sentis que je le regardais avec un air surpris.

— Je me dis qu'ils dorment dans mon esprit.

— C'est le passé, fit-il doucement. Notre avenir, nous allons le vivre ensemble.

Il plaça le bout de ses doigts sur mon menton et retourna doucement mon visage vers lui.

— Ma belle Chloé. Tu m'as donné un merveilleux cadeau en me permettant de voir dans le noir. Il ne me reste plus

78. N.d.T. : En français dans le texte original.

qu'une mission, un morceau de mon passé à visiter. Il se peut qu'il me reste un enfant en vie et je dois le connaître.

Je hochai la tête. Toutefois, j'étais tout à fait consciente qu'en plus de ce fils qu'il voulait connaître, il y avait sa vengeance qui couvait et, ensuite, il y aurait probablement autre chose. Je fis cependant semblant de le croire, parce que lui prétendait y croire.

— Je comprends, mais mon cœur se brise parce que…

— Parce que quoi, chérie[79] ?

— Parce que je suis en train de tomber amoureuse de vous.

Des larmes coulèrent sur mes joues, et je les laissai aller.

— Mais je donnerais tout ce que j'ai pour avoir rencontré un homme moins compliqué.

Il m'entoura de ses bras et m'attira contre sa poitrine.

— Ah, ma belle Chloé. Et pourtant, nous voici, ensemble à Venise. Et de tous les hommes du monde que tu pourrais aimer, je suis le seul à pouvoir te promettre que ce sera pour toujours.

L'instant d'après, Jean était revenu me voler encore une fois Claude-Michel. Un moment plus tard, on cognait à la porte avec insistance.

79. N.d.T. : En français dans le texte original.

CHAPITRE DIX-SEPT

Je jetai un coup d'œil en direction de la petite chambre où le frère et la sœur dormaient, puis je me précipitai vers la porte que j'ouvris rapidement avant que le bruit ne les réveille. C'était la première fois que je voyais Victoire du Fresne.

Il était beau. C'est ce que je pensai dès le premier instant où je le vis. Il avait les cheveux plus longs que Claude-Michel, mais tirés vers l'arrière exactement de la même façon. Son nez était tout aussi impressionnant, ce qui me poussa à le croire sur-le-champ quand il m'affirma qu'il était le jeune frère de Claude-Michel, et ce, malgré sa carrure plus fine. Toutefois, ce qui me convainquit encore plus, ce fut la profondeur de ses yeux noirs. Il aurait été facile de s'y noyer.

— Où est François Villaforte ? demanda-t-il, m'écartant pour entrer et regardant de tous les côtés. Mon frère se précipite vers un danger dont il ne sait rien.

Tout d'abord, son arrogance me rendit furieuse. Puis j'entendis ses paroles.

— Un danger ? De quel danger parlez-vous donc ?

Il se retourna vers moi.

— Je savais qu'il allait venir ici. C'est ici qu'il avait vu pour la dernière fois cette femme gitane de sa jeunesse. Je l'attendais. Et un soir, j'ai entendu des nouvelles de lui, dans un bar. Un homme qui racontait comment deux nobles parisiens et un jeune garçon lui avaient échappé. Je me suis mis à écouter ce qu'il disait. Il avait entendu parler de Katarina et de son fils. Du fils de Claude-Michel.

Pendant un instant, le temps s'arrêta. Mon sang se glaça.

— Un homme… avec les cheveux blancs et la peau pâle ?

Victoire, dont j'ignorais encore le nom, se figea et me regarda.

— Oui, vous connaissez cet homme ?

— Nous devons y aller. Il faut l'avertir.

Il me regarda avec une sorte de dédain que je n'avais jamais vu nulle part, sauf sur le visage de Claude-Michel. Si j'avais encore des doutes quant au fait qu'ils étaient frères, je n'en avais plus aucun maintenant.

— Nous ? Ce n'est pas une mission pour une femme. Où est Villaforte ?

— Il boude dans les rues. Cet homme dont vous parlez… Je le connais bien. Je sais combien il est dangereux. Et je serai une meilleure protection pour vous que vous ne pourriez l'être pour moi.

Il éclata de rire.

— Vous, me protéger ?

Son visage s'assombrit rapidement, et j'y vis apparaître la même menace que je voyais souvent dans le visage de Claude-Michel.

— Vous me faites perdre mon temps, fit-il d'un air taciturne, puis il se dirigea vers la porte.

Avant qu'il n'y soit rendu, je l'avais rejoint et l'avais coincé contre la porte, il n'eut pas le temps de se rendre compte de ce qui se passait. Il se débattit, mais ne put me résister. Cela me plut d'avoir un du Fresne à ma merci, même si ce n'était que pour quelques instants.

— Il y a certaines choses que vous ne savez pas à mon sujet, monsieur du Fresne. Et des choses que vous ne savez pas au sujet de votre frère. Peut-être que vous vous précipitez vers un danger dont vous ne connaissez rien.

Je laissai ma voix prendre ce ton dur qu'on entend seulement chez les vampires.

— Je le vois bien, fit-il l'air inquiet. Peut-être pourriez-vous m'expliquer ces choses dans mon carrosse ?

Mon cœur battait très fort tandis que nous roulions, mais pas pour les raisons que l'on pourrait croire. D'un côté, j'étais inquiète pour Claude-Michel et en raison de la présence de Gunnar dans cette ville. De l'autre, j'étais ravie d'avoir l'occasion de jeter un coup d'œil à la maison que Claude-Michel allait visiter, et peut-être même voir le jeune garçon gitan.

— Vous savez où il est parti ?

— Je le sais mieux que lui-même. J'avais trouvé l'endroit la première fois que je suis venu ici.

La *marchesa* Antonia Di'Angelo, qui avait élevé le fils de Katarina, vivait dans un manoir en périphérie de la ville. Nous arrêtâmes le carrosse dans la forêt, à bonne distance de la maison. Lorsque je descendis, Victoire tenta de m'empêcher de m'éloigner.

— Nous pouvons voir d'ici. S'il arrive quoi que ce soit, nous pourrons intervenir.

— Je veux entendre ce qui est dit. Vous, restez ici avec votre domestique. Ce ne sera pas long.

Je savais que je pouvais bouger plus vite et plus silencieusement que lui.

— Il vaut mieux que nous restions ensemble.

— Si j'étais une femme ordinaire, Monsieur[80], je serais d'accord avec vous. Mais vous ne servirez qu'à me ralentir et je ne veux pas avoir de fardeau qu'il me faudra ensuite défendre.

Cela toucha à quelque chose de profond en lui. Mais je ne savais pas à quel point c'était profond, à l'époque. Il acquiesça de la tête.

— D'accord, allez-y. Je serai ici si vous avez besoin de moi.

J'acquiesçai à mon tour et avançai rapidement vers la maison. Je me demandais quelle idée il se faisait à mon propos, pendant que je disparaissais entre les arbres. Je me demandais aussi si Gunnar était quelque part en train de regarder, à attendre Claude-Michel comme son frère l'avait fait.

— Pense à ce que tu dois faire, me chuchotai-je, même si la lumière qui filtrait entre les cimes des arbres me rappelait le jour où j'avais rencontré Gunnar.

---

80. N.d.T. : En français dans le texte original.

Ne serait-ce que pour cette raison, la forêt semblait remplie de sa présence.

Je trouvai facilement la fenêtre de la pièce de devant. Me disant qu'ils allaient sûrement se rencontrer ici, je m'éloignai un peu vers des arbres situés tout près, trop loin pour qu'un humain normal puisse voir ou entendre, trop loin pour que quelqu'un puisse me remarquer. Et j'attendis.

Ce fut long avant que le crissement des roues d'un carrosse se fasse entendre. Mon cœur se mit à battre si fort que je pouvais à peine respirer. Que Gunnar soit là ou pas, je savais que le risque que je sois punie pour ce que je faisais était grand. Or, je ne pouvais me permettre d'y penser. Essayant de faire fi du rugissement de mon sang dans mes oreilles et de la nausée qui risquait de me forcer à me cacher dans les ténèbres, je regardai leurs lèvres et écoutai.

— Devrais-je y aller avec vous, Monsieur[81] ? demanda Jean avec espoir en ouvrant la porte du carrosse pour laisser Claude-Michel en descendre.

— Non, répondit Claude-Michel. J'arrive sans prévenir. Il vaut peut-être mieux que tu restes ici.

Jean parut déçu. Claude-Michel observa la maison.

— Peut-être qu'il n'est pas là et qu'il nous faudra revenir.

Aussi étrange que cela puisse paraître, il semblait espérer que ce soit le cas.

Il redressa les épaules, comme s'il voulait mettre en évidence les quinze centimètres qu'il avait gagnés depuis sa transformation, et avança d'un pas nonchalant vers la maison.

Une jeune servante ouvrit la porte.

81. N.d.T. : En français dans le texte original.

— Je suis venu rencontrer la *marchesa* Antonia Di'Angelo. Est-ce qu'elle est là ?

— Bien sûr, *Signore*. Entrez.

La fille avait parlé avec modestie, puis avait baissé les yeux. Cela alluma un feu en moi, car je savais qu'il aimait son attitude soumise et qu'il allait la prendre si seulement il en avait la chance.

Je tournai le regard vers la fenêtre. Le rideau était ouvert, me permettant de voir une bonne partie de la pièce. Je pus ainsi voir la *marchesa* descendre l'escalier. C'était une femme élégante d'une soixantaine d'années, qui bougeait avec grâce et regardait Claude-Michel avec curiosité. Il y avait quelque chose chez elle qui me plaisait, mais j'étais contente qu'elle soit vieille, ce qui ne risquait pas de plaire à Claude-Michel. Au milieu des escaliers, elle s'immobilisa.

— Ça alors ! fit-elle en dirigeant une main vers sa poitrine.

Elle arrêta son geste au beau milieu.

— Je me demandais si ce jour finirait par arriver.

Claude-Michel parut déconcerté par ses paroles.

— *Perdone, Madame* ?

— Vous ressemblez tellement à mon Lucio.

— Lucio.

Claude-Michel avait chuchoté le nom. La distance et les murs étouffaient leurs voix. Même avec mes sens de vampire, j'avais de la difficulté à les entendre.

La *marchesa* sourit gentiment tout en étudiant le visage de Claude-Michel, puis continua à descendre l'escalier.

— Pardonnez-moi. Katarina me parlait souvent d'un beau et jeune Français qu'elle appelait Claudio. Vous êtes sûrement cet homme.

— Oui. Je suis Claudio.

Je sentis qu'il y avait une sorte de déclaration dans sa voix quand il avait prononcé le nom. Par contre, je ne compris pas alors ce que cela signifiait, que ce moment scellait la mort du comte Louis Claude-Michel du Fresne et la naissance d'un nouvel homme. Un homme sans titre ni responsabilités envers personne qui n'était pas de sa famille.

La *marchesa* pencha la tête de côté. Je pressentis que quelque chose de sa jeunesse brûlait encore en elle.

— Je vous en prie, entrez et asseyez-vous, fit-elle en se dirigeant vers le petit salon. Je n'ai eu personne durant toutes ces années avec qui parler de ma fougueuse et libre Katarina. Ma position dans la société a beaucoup souffert pendant un certain temps de cette fréquentation. Mais je ne m'en souciais pas. Ses histoires me permettaient de vivre une autre vie… la musique, la danse, l'amour sous les étoiles…

Elle désigna un coin du canapé, agitant une main pendant qu'elle s'assoyait à l'autre extrémité.

— Je sais bien que vous êtes venu ici pour rencontrer votre fils et non pour vous rappeler des souvenirs avec une vieille femme. Lucio devrait rentrer d'ici une heure. Et il n'y a aucun doute que c'est bien votre fils.

Claude-Michel sourit.

— Il est toujours agréable de passer du temps en compagnie d'une belle femme.

Il avait dit cela avec un air coquin dans les yeux et en baissant légèrement la tête. Sa nervosité semblait avoir disparu.

La *marchesa* se mit à rire de bon cœur.

— Oh, vous êtes un charmeur, n'est-ce pas ? Il y a vingt ans de cela, ça aurait été la vérité, et peut-être me serais-je battue contre Katarina pour obtenir votre attention. Esperanza, fit-elle en direction de la servante, apporte quelque chose à boire à notre invité. Et à moi.

Claude-Michel baissa les paupières d'un air séducteur.

— Elle vous a parlé de moi ?

— Souvent. Elle vous aimait.

Claude-Michel ne répondit pas tout de suite. Je pouvais voir qu'il luttait contre ses émotions, et moi, je ne m'attendais pas à la réaction que j'avais à le voir ainsi pris par le souvenir d'une femme dont j'avais le sentiment que je ne pourrais jamais l'égaler. Je vis de la nostalgie, de la tendresse et du regret dans son visage, choses que je ne voyais jamais quand il me regardait. Mais j'étais là pour le protéger contre Gunnar, me rappelai-je, et je ravalai mes sentiments.

Il finit par demander :

— Comment êtes-vous devenues amies ?

La vieille femme sourit.

— Nous nous sommes rencontrées au marché quand une partie de sa troupe était en ville. Son ventre commençait à peine à s'arrondir. J'avais alors trente-neuf ans, à peu près le même âge qu'elle, et j'étais intriguée. Elle était prompte à répondre aux hommes qui tentaient de la provoquer et tout aussi prompte à rire. Elle ne ressemblait en rien aux femmes guindées que je considérais comme mes amies. Ces femmes tellement comme il faut. Je suis sûre que vous voyez de quel genre de femmes je parle.

Claude-Michel hocha la tête et sourit poliment. Je savais qu'il souhaitait qu'elle en dise plus sur Katarina.

— Je les supportais pour avoir un peu de compagnie. Mais Katarina… dès le début, nous étions comme des sœurs.

Elle s'arrêta le temps de prendre le verre de vin que lui offrait sa servante Esperanza et en prendre une gorgée. La façon dont elle semblait chercher dans ses souvenirs me faisait penser à quelqu'un en train de fouiller dans de vieilles lettres.

— Évidemment, les réactions scandalisées de mon entourage me faisaient autant plaisir que la compagnie de Katarina. Je me sauvais de la ville et la rencontrais dans les champs. Mon mari était malade à l'époque et n'avait pas la force de m'empêcher de rencontrer la Gitane. Elle m'a montré à monter à cheval comme un homme et à fumer. Une fois, j'ai même embrassé son frère. Je crois que c'est ce qui m'a fait peur. Je ne suis plus retournée la voir. J'ai préféré rentrer chez moi et jouer à l'épouse vertueuse. Je suis restée auprès de mon mari jusqu'à sa mort. À ce moment-là, Katarina et ses gens avaient déjà quitté la ville. Je ne l'ai plus revue pendant trois ans. Puis, un jour, elle est venue me trouver.

— Un homme m'a dit qu'il y avait une histoire de maladie, dit Claude-Michel.

La *marchesa* hocha la tête.

— Eh oui. Katarina n'était pas encore malade, mais plusieurs membres de sa famille l'étaient. Elle voulait que je prenne soin de Lucio jusqu'à ce que cela soit terminé. Du moins, c'est ce qu'elle m'a dit. Je ne crois pas qu'elle pensait vraiment qu'elle allait survivre. Finalement, elle est morte. Comme la plupart d'entre eux.

— Je suis désolé, répondit Claude-Michel. J'espérais la revoir.

La vieille femme hocha la tête avec compassion.

— Je pense souvent à elle. Et je vois sa fougue dans Lucio. Il a cette façon de s'enrager rapidement et d'éclater de rire l'instant d'après.

Elle eut un petit rire.

— Il n'est pas facile d'oublier quelqu'un comme Katarina. Mais je suis sûre que vous le savez déjà.

— Oui, répondit Claude-Michel. Elle est en moi depuis toutes ces années.

Le regard inquisiteur de la *marchesa* devint pénétrant.

— Je me demande… qu'est-ce qui vous a poussé à la rechercher maintenant ?

Soudainement, j'entendis des bruits de sabots qui arrivaient derrière moi. Je faillis paniquer. Puis, je me rappelai que Lucio devait rentrer d'une minute à l'autre. Claude-Michel détacha son regard de la vieille femme, jeta un œil par-dessus son épaule, puis lui sourit de nouveau. Elle semblait n'avoir rien entendu, même si les bruits se rapprochaient.

— Un homme voit les choses changer autour de lui et se rend compte qu'il a vieilli, fit Claude-Michel.

— Vous êtes marié.

— Oui.

La *marchesa* tourna la tête en direction de la porte.

— Voilà Lucio qui arrive, fit-elle pendant que le cheval se dirigeait vers l'étable au galop.

Un vieux garçon d'écurie vint le prendre. Le cheval souleva ses pattes de devant au moment où Lucio en descendait.

Il était très beau, comme Claude-Michel et comme son frère. Même s'il n'avait pas plus de vingt-cinq ans et qu'il était mince, il bougeait avec autorité, comme l'aurait fait un homme plus vieux et plus costaud. Il avait le nez proéminent et les yeux noirs sans fond de Claude-Michel. Sa peau était beaucoup plus foncée, avec toutefois une teinte olivâtre, et ses lèvres étaient charnues et sensuelles. Sa tête était entourée d'une crinière de longues boucles noires qui descendaient un peu plus bas que ses épaules.

Sans aucune forme de cérémonie, il fit irruption dans la maison.

Je tournai mon regard vers la fenêtre et vis Claude-Michel se lever.

— Lucio, fit doucement la vieille femme. Je te présente…

— Claudio du Fresne, continua Claude-Michel. Je suis…

— Mon père ? fit Lucio en enlevant son chapeau. Je peux voir que c'est sans doute vrai. Savez-vous que vous êtes la seule personne, à part Mama, qui pourrait ruiner ma réputation en révélant au monde que je suis de sang gitan ?

Il s'approcha lentement de Claude-Michel et l'examina.

— Je vous tuerais sur-le-champ si je m'en faisais avec ces choses-là.

Il se retourna vers la jeune servante, qui devint soudain toute pâle.

— Esperanza, où donc est ma Chartreuse ?

— Je suis désolée, *Signore*, fit la jeune fille en sortant de la pièce.

— Je t'ai dit ce qui allait t'arriver si tu oubliais encore une fois !

Puis il se retourna avec un sourire coquin.

— Pauvre petite, elle a terriblement peur de moi, mais je n'ai aucune idée pourquoi.

Puis, se tournant vers Claude-Michel :

— Je ne m'en suis pas trop mal sorti, non ? Vous êtes très chanceux que je n'aie pas eu à grandir dans la misère noire.

Il bougeait avec une énergie ludique, dangereuse.

Même de l'endroit où je me trouvais, je pouvais voir Claude-Michel cligner des yeux, comme il le faisait quand il était pris au dépourvu.

— Je n'étais pas au courant de ton existence. Quand je l'ai apprise, je suis venu aussitôt.

— Les nouvelles voyagent très lentement.

Esperanza revenait avec empressement avec un plateau sur lequel était déposée une bouteille remplie d'un liquide vert pâle et un petit verre, dans lequel elle versa le liquide, qu'elle offrit à Lucio.

— Ah ! fit Lucio. Très bien.

Il leva son verre en direction de Claude-Michel.

— De la Chartreuse. À cause de mon sang français, j'imagine, fit-il avant de boire. Alors, où est mon héritage ? Personne ne m'a jamais dit quel était votre rang dans le monde. J'imagine que vous n'avez pas pris le temps d'en informer ma mère, afin qu'elle ne puisse jamais vous retrouver. J'imagine aussi que vous êtes bien marié.

— Oui, répondit Claude-Michel doucement.

Il jeta un coup d'œil vers la *marchesa,* mais celle-ci observait son fils.

— Très bien. Alors, levons notre verre à ma belle-mère, madame du Fresne…

Une bouffée de colère envahit le visage de Claude-Michel.

— Elle est morte, répondit-il d'un ton menaçant. Je l'ai beaucoup aimée. Tu avais aussi un frère, Gabriel, et une sœur, Camille. Morts aussi. Tous deux.

Lucio s'arrêta net, et les deux hommes se dévisagèrent… le père regardait son fils d'un œil sombre, le fils regardait son père avec un air sérieux, comme s'il prenait conscience de la situation.

— J'ai une fille, répondit-il. J'ai fait un bon mariage. Peut-être qu'un jour, j'arriverai à aimer ma femme.

— Une fille, fit Claude-Michel. J'ai donc une petite-fille ?

— Francesca Katarina. Ma femme croit que Katarina est une tante que Mama aimait beaucoup et qu'elle a perdu de vue depuis longtemps. Elles sont à la campagne, chez quelqu'un de la famille.

— C'est une magnifique enfant, fit la *marchesa*. Je sais que vous serez d'accord.

Lucio s'approcha de Claude-Michel en souriant.

— Vous me devez du vin. Un verre pour chaque année que vous avez attendue avant de venir me chercher, n'est-ce pas ?

Il finit son verre de Chartreuse et le posa sur la table en regardant Esperanza.

— Attends-toi à ce que je te rende visite plus tard, lui dit-il.

Puis il se dirigea vers la porte en faisant un grand geste de la main.

— Venez avec moi. Nous allons dans ma taverne préférée et déciderons là-bas si nous voulons être père et fils.

— D'accord. J'ai un homme qui m'attend dehors. Nous prendrons mon carrosse.

Je partis au travers des arbres, aussi vite et silencieusement que possible.

CHAPITRE DIX-HUIT

— Vite ! criai-je de la forêt.

Je regardai Victoire dans les yeux avant de pouvoir lui expliquer ce qui se passait. Il eut un mouvement de recul, puis regarda autour de lui, comme si la réponse se trouvait dans les arbres. Le garçon qui le conduisait ouvrit de grands yeux curieux.

— Ils se dirigent vers la taverne favorite de Lucio Di'Angelo.

— La Piuma Nera, fit Victoire.

— Il faut y aller, ajoutai-je.

Il acquiesça et se ressaisit, puis monta dans le carrosse et ordonna au garçon de prendre le chemin de la taverne.

Une fois en chemin, il me regarda étrangement.

— Mais qu'êtes-vous donc ?

Il avait parlé d'un ton beaucoup plus détaché que ce à quoi je me serais attendue.

— Des choses se sont produites. Il y a des choses que vous ne savez pas au sujet de votre frère et de l'homme qui tente de le retrouver. Cet homme s'appelle Gunnar, et c'est un pirate. J'ai été sa prisonnière pendant des mois. Il s'apprêtait à tuer Claude-Michel. Je n'ai pu le laisser faire.

— Alors, vous vous êtes simplement… sauvés ?

— Je suis plus forte que j'en ai l'air.

— Je pense que vous allez me devoir une explication une fois que nous serons avec Claude-Michel.

— Vous n'aurez qu'à lui demander. Je ne vous dois rien. Je ne vous connaissais pas avant aujourd'hui.

À la porte de La Piuma Nera, je retins Victoire. Évidemment, il n'était pas très heureux de recevoir des ordres d'une femme, mais il était suffisamment curieux et prudent pour m'écouter pour le moment.

— Chut, fis-je tout bas. Je veux écouter.

— Est-ce que ta femme est au courant de tes frasques ? demandait Claude-Michel au moment où je me glissais à l'intérieur et me cachais dans un coin à l'ombre.

Il regarda autour de lui, mais ne me vit pas. Le jeune homme retint rapidement son attention. J'étais si concentrée sur les deux hommes que je ne reconnus pas la forte odeur de sueur animale que je pris pour l'odeur habituelle du lieu.

Lucio haussa les épaules. Puis il sourit avec malice.

— Une fois, elle s'est fâchée contre moi parce que je suis rentré à la maison avec des vêtements qui sentaient le bordel. Elle m'a lancé un sac.

Il se donna un coup sur la poitrine et prit un air de feinte indignation.

— Les épouses font de ces trucs choquants, dit Claude-Michel avec un sourire entendu que j'avais appris à aimer et à détester tout à la fois.

— C'ést elle qui a été choquée. Je crois qu'elle n'avait encore jamais reçu la fessée, mais son derrière avait une jolie teinte rosée quand j'en ai eu fini avec elle. Après cela, je lui ai fait l'amour comme jamais auparavant. Je trouve que c'est une façon efficace d'éviter qu'elle ait des exigences. Un petit derrière rose fera oublier à toute femme ses jalousies.

Claude-Michel partit à rire. C'était la première fois que je le voyais rire aussi franchement.

— Ah ça, pas de doute, répondit-il en donnant une tape dans le dos au garçon, tu es bien mon fils.

— Bien sûr. Et je suis très content de voir qui est responsable de ça, fit-il en faisant glisser son doigt le long de son nez.

Puis il donna un coup sur le bar.

— Hé ! Niko !

Un homme souriant sortit d'une pièce au fond.

— Le diable est revenu ! fit l'homme avec un accent grec.

Il fit le tour du bar pour faire une vigoureuse étreinte à Lucio. Son regard se tourna ensuite vers Clàude-Michel, et ses yeux s'écarquillèrent et passèrent de l'un à l'autre.

— Tu as un frère plus vieux que toi ?

— Un père.

Lucio redressa ses épaules avec fierté en disant cela.

— Revenu d'entre les morts.

Lucio posa un doigt sur ses lèvres.

— En fait, cela dépend de l'histoire que je t'ai racontée.

— Je te connais depuis trop longtemps, fit Niko qui revint derrière son bar en repoussant d'un geste Lucio. Tes histoires, je les ai toutes entendues, même celles qui sont vraies.

Il se pencha sur le bar vers Claude-Michel.

— Quand il était tout petit, il m'a causé toutes sortes de problèmes. C'était un petit démon, fit-il en haussant les épaules. Mais il est bon pour mes affaires. Tout le monde vient ici pour voir ce que le petit démon va inventer aujourd'hui… ses amis, ses ennemis. Et maintenant, ajouta-t-il en sortant une bouteille remplie d'un liquide ambré et trois verres, c'est le patron qui offre. Aujourd'hui, nous célébrons les retrouvailles du fils et du père.

Du fond de la taverne, quelqu'un parla d'une voix qui semblait vieille, mais encore puissante, avec un accent qui n'existait plus depuis très, très longtemps.

— Aujourd'hui… nous célébrons plusieurs retrouvailles.

Subitement, Gunnar se trouva juste devant Claude-Michel, tenant fermement la lame de la rapière du comte. Derrière moi, Victoire avança péniblement, la rapière à la main également. Je me plaçai entre le frère de Claude-Michel et l'homme que j'avais espéré ne jamais revoir.

Gunnar fixait de son regard blanc les yeux noirs de Claude-Michel. Un épais ruisseau de sang coulait sur le bras du vieux pirate.

— Tu peux pas me tuer, fit Gunnar les yeux plissés. Mais je peux voir à quel point ça te ferait plaisir.

Il écarta la lame de sa main. Claude-Michel tenta d'atteindre son cœur, mais ne fit que fendre l'air après que Gunnar eut fait un pas de côté, en riant.

— Qui est ce démon? demanda Niko en faisant le signe de croix.

Lucio se leva, la main sur la poignée de son épée, regardant autour de lui avec des yeux fous. Il fixa finalement son regard sur le visage de Claudio, qui respirait la bouche ouverte, ne se souciant pas de ses crocs qui s'allongeaient au point de ne plus être cachés par sa lèvre supérieure.

— Qu'est-ce que vous êtes? demanda Lucio, comme me l'avait demandé Victoire à peine une demi-heure plus tôt.

Gunnar éclata d'un rire tonitruant, découvrant ses crocs, mugissant :

— Voilà ce que je suis. Le profanateur de tout ce qui est pur. Mais... tu n'as pas raconté à ton fils fraîchement retrouvé tes aventures à bord de mon navire, ni comment une jeune beauté française t'a transformé en ce que tu es aujourd'hui.

J'entendis Victoire inspirer bruyamment derrière moi et je me demandai s'il allait me transpercer de son arme.

Gunnar fit claquer sa langue.

— Ce n'est pas bon d'avoir de tels secrets entre un père et un fils. Surtout quand on a été parti aussi longtemps.

Puis il s'adressa à moi sans se retourner.

— Je sais que tu es là, Chloé. Je sais tout ce qui se passe autour de moi.

Je ne pus m'empêcher de répondre.

— J'aurais dû te trancher la tête et la lancer aux requins, comme j'en ai rêvé toutes les nuits.

— Qu'avez-vous fait? murmura Victoire derrière moi.

À ce jour, je ne sais pas à qui il s'adressait alors. Peut-être à lui-même.

Malgré tout ce qui se passait autour de lui, Claudio restait calme, mais sur ses gardes. Je savais déjà que c'était un homme habitué aux conflits. Le garçon, quant à lui, semblait complètement fou, même s'il avait réussi à sortir un poignard de sa botte. Tout le monde attendait de voir ce qui allait se passer, observant cet homme à la crinière blanche, terrible, qui semblait être plus qu'humain, plus qu'un vampire, en fait.

— Oh, oui ! fit Gunnar en se tournant de façon à ne plus nous faire dos, à Victoire et à moi. J'en sais aussi beaucoup sur toi, Claude-Michel. Je sais tout de toi. Plus que tu ne peux te l'imaginer. Et je sais aussi tout ce qui concerne ton ami François et tes enfants.

— Mais vous ne savez rien de moi, lança Lucio.

Gunnar se tourna vers lui avec un sourire arrogant. Le poignard que Lucio avait lancé atterrit dans l'œil du pirate. Il se figea, et son air suffisant disparut. Son autre œil devint fou pendant que des filets de sang foncé lui coulaient sur la joue. Je ne pouvais rien faire à part regarder la scène, horrifiée. Avec un cri de rage, il agrippa son visage avec ses mains, puis tomba à genoux. Il tenta de se relever, glissa pour se retrouver assis, chercha son air, puis tomba sur le dos. Couché sur le sol, son corps était traversé de soubresauts. Il tourna le visage vers Claudio.

— Tu ne peux... pas... me tuer, fit-il d'une voix râpeuse.

Avec un cri de rage, Claudio transperça le second œil de Gunnar de sa rapière, faisant attention à ne pas recevoir le sang qui giclait. Gunnar cria et s'accrocha à la lame, déchirant ses doigts, faisant gicler des gouttelettes de sang partout autour de lui. Il finit par arrêter de bouger, et Claudio se pencha au-dessus de lui.

— Ne me sous-estime jamais, siffla Claudio entre les dents.

Puis il appuya sa botte contre la poitrine de Gunnar pour reprendre son arme et celle de Lucio, essuya les lames sur le pantalon de l'homme étendu sur le sol, pendant que celui-ci bougeait les mains dans tous les sens. Lucio reprit son arme avec précaution et regarda Claudio d'un air méfiant.

Claudio se dirigeait déjà vers la porte quand Niko commença à crier :

— Sortez ! Sortez d'ici !

— Venez, cria Claudio sans regarder si on lui obéissait.

Une fois dehors, Lucio le questionna.

— Cet homme… Cet homme, qu'est-ce qu'il est ?

— Oui, Diable, qui est-ce ? demanda Victoire, tel un écho.

Claudio nous lança un regard sombre.

— Un vampire, répondit-il.

— Un vampire ? chuchota Lucio. Mais… ce n'est pas possible.

— Ce l'est.

— Et vous ?

Lucio s'approcha de Claudio en disant ces mots.

— Non, répondit-il en souriant avec précaution. Les hommes disent certaines choses quand ils sont en colère. Les monstres le font encore davantage.

Cela me fit une étrange impression de l'entendre répondre ainsi, mais je mis cela sur le compte des circonstances, me disant qu'il devait vouloir tout expliquer à son fils quand les choses seraient redevenues plus calmes.

Sans prévenir, Lucio lança son poing. Claudio attrapa son poignet avant que la main du garçon ne le touche au visage et il immobilisa Lucio contre le carrosse. Jean observait la scène du siège du conducteur. Il était évident qu'il était prêt à descendre pour défendre son maître.

— Montrez-moi, demanda Lucio, montrez-moi vos dents.

Claudio se détendit. Ses crocs venaient tout juste de commencer à se rétracter après la lutte avec Gunnar. Maintenant, ils avaient de nouveau allongé et étaient prêts, si nécessaire, à transpercer la chair de Lucio.

— Montrez-moi ! cria Lucio.

— Non, répondit Claudio.

Les bouts pointus paraissaient même lorsqu'il parlait.

Lucio tenta de s'échapper.

— Alors, c'est vrai !

La terreur et la rage apparaissaient tour à tour sur son visage. Claudio relâcha le garçon et le regarda d'un air renfrogné.

— C'est pour ça que vous êtes venu me voir ?

Il avait les yeux fous, les cheveux en bataille.

— Vous voulez que je sois comme vous ? Comme cet homme horrible ?

— Non, répondit Claudio. Je ne veux pas te prendre ta vie… ta femme et ta fille. Je ne ferais jamais ça !

De sa main, il donna un grand coup contre le carrosse, près de la tête du jeune homme, et se retourna, respirant avec difficulté.

Lucio sursauta, mais se ressaisit rapidement et suivit Claudio.

— Comment puis-je le savoir ? Je ne vous avais jamais vu avant aujourd'hui. Comment puis-je savoir ce dont vous êtes capable ?

Claudio se retourna et cria :

— Ne me juge pas d'après ce qui m'est arrivé ! Juge-moi selon mes actes. D'après ce que tu m'as dit, ils ne sont pas très différents des tiens. Nous sommes pareils.

Lucio s'écarta, les yeux grands ouverts.

— Du sang… Vous buvez du sang ?

Soudainement, Claudio sembla devenir l'homme le plus fatigué du monde.

— Oui, répondit-il en soupirant.

Les yeux écarquillés, Lucio hocha la tête puis se pencha brusquement et eut un haut-le-cœur. Claudio avança vers lui, mais Lucio s'écarta.

— Ne vous approchez pas de moi ! cria-t-il, se relevant avec difficulté. Ne vous approchez jamais de moi ! Restez loin de moi et de ma famille. Peu importe ce que j'ai fait jusqu'ici, je ne suis pas encore condamné à l'enfer.

Claudio parla calmement.

— Permets-moi, je t'en prie, de te ramener chez toi.

— Je peux retrouver mon chemin tout seul, fit Lucio en reculant.

Puis il se retourna et courut jusqu'au chemin.

Claudio le regarda s'éloigner pendant un certain temps. Puis il se retourna vers Victoire.

— Si les vampires ne te dégoûtent pas trop, mon frère, tu peux monter avec nous dans mon carrosse. Dis à Pierre de nous suivre.

Les yeux de Victoire étaient encore très grands, mais il hocha la tête et alla parler à son domestique. Claudio se retourna vers Jean.

— Ramène-nous à la maison, fit-il, la voix brisée. Je n'ai plus rien à faire ici ce soir.

— Vous êtes tous les deux des vampires, dit Victoire d'une voix hésitante dans le carrosse.

Il était assis en face de moi et de Claudio, au milieu du siège, dos à la route.

— Oui, répondit Claudio prudemment. C'était nécessaire, à cause de notre ami l'albinos. Mais tu ne risques rien. Nous utilisons des esclaves humains pour nous nourrir.

Victoire hocha la tête. Personne ne dit plus rien jusqu'à notre arrivée à l'appartement.

Florentine, assise sur le canapé du salon, était en train de se coiffer. François, quant à lui, regardait la rue du balcon. Il entra quand il nous entendit. Florentine, immobile sur le canapé, regardait tout le monde nerveusement.

— Où est Bernardo ? demanda Claudio.

— Il boude, répondit François.

Puis il fit son sourire le plus engageant en direction de Victoire.

— Victoire, cela fait si longtemps. Comment se porte la chair de ta chair ? demanda-t-il ensuite à Claudio.

Puis, plissant les yeux :

— Qu'est-ce que tu as sur les manchettes ?

Claudio regarda les taches brunes sur ses manchettes.

— Mon fils est vivant et se porte bien. Il s'appelle Lucio. Pourquoi Bernardo boude-t-il ?

— J'avais faim et mon entrejambe était en feu.

— Sans doute la syphilis, fit Claudio tout en se frottant les yeux.

— Nous ne pouvons pas attraper la syphilis, fit François en se tournant vers moi. C'est possible?

— Je n'ai pas été malade depuis ma transformation, et je n'ai jamais vu Gunnar malade non plus.

— Comme la vie de mon frère est intéressante, fit Victoire en avançant dans la chambre.

— Ne prononce plus jamais le nom de ce démon, dit Claudio en levant un doigt dans ma direction.

— Claude-Michel... quelque chose ne va pas? demanda François.

— Oublie ce nom aussi. Claude-Michel est mort, et nous devons quitter cet endroit.

Il se tourna vers Jean.

— Fais nos valises. Toi, aide-le, ajouta-t-il en direction de Pierre.

Pierre regarda son maître, qui acquiesça.

François regarda Claudio d'un air étrange.

— Alors, puis-je savoir à qui je m'adresse?

— À Claudio du Fresne. À partir d'aujourd'hui, je veux que tu m'appelles comme ça. Claude-Michel est mort, répéta-t-il en touchant sa poitrine d'un air absent. Florentine, va chercher ton frère et dis-lui qu'il est temps de partir.

Elle fit la grimace et lança son livre par terre, puis courut vers la petite chambre.

François lui jeta un coup d'œil, puis se retourna vers Claudio. Il semblait inquiet.

— Claude-Michel... que se passe-t-il?

Claudio sourit et battit des paupières.

— Je t'ai déjà dit de ne plus m'appeler comme ça.

François fronça les sourcils.

— Qu'est-ce qui ne va pas, mon ami[82] ? Pourquoi nous faut-il partir ?

— Gunnar est ici.

François en fut bouche bée.

— Gunnar ? demanda-t-il en fermant la main comme si elle tenait une épée imaginaire. Comment est-ce possible ?

— J'ai suivi mon fils dans une taverne, et il était là. Je ne l'ai même pas entendu passer derrière moi.

François plissa les yeux.

— Où est-il maintenant, Claude-Mich… Merde[83] ! Où est-il ?

— Nous l'avons tué, mon fils Lucio et moi. Dans la taverne.

— C'est vrai. Je suis venu ici pour le prévenir, mais il était déjà parti.

Florentine et Bernardo, qui semblait en colère, apparurent dans le cadre de porte.

Je secouai la tête.

— Je ne crois pas qu'il soit mort. Il est trop…

— Nous l'avons tué ! cria Claudio, en avançant vers moi et en gesticulant. Son cerveau est tout troué.

— Il va y avoir une enquête, fit François.

Claudio hocha la tête.

— Oui.

— Et où est ton fils ?

— Il est parti. Sorti de ma vie pour toujours.

82. N.d.T. : En français dans le texte original.

83. N.d.T. : En français dans le texte original.

Sur le visage de François, on pouvait voir un mélange de pitié et de soulagement. L'instant d'après, il bondit et frappa dans les mains.

— Allez, on bouge vite, les petits. Il faut partir. Surtout toi, Jean. Je veux que tu mettes tous les bagages dans le carrosse et que tu sois prêt à conduire dans la nuit.

Jean regarda son maître, qui restait assis sur le canapé, une main sur les yeux. Claudio fit un vague geste de la main.

— Fais comme il te demande.

Jean hocha la tête et obéit.

Quant à moi, je ne sais trop pourquoi, j'étais figée sur place, un peu absente. François le remarqua.

— Allez, allez, va chercher tes choses.

Je lui jetai un coup d'œil pendant que Victoire s'assoyait à côté de Claudio pour lui demander ce qu'il pouvait faire, puis je me ressaisis et obéis, même si une part de moi me détestait d'obéir avec autant d'empressement aux ordres de François. Il me suivit dans la petite chambre. Florentine, le visage dans le matelas, pleurait.

Je m'approchai d'elle.

— Qu'y a-t-il ?

Bernardo était debout à côté d'elle, l'air horrifié.

— Que se passe-t-il ? demanda François. N'avez-vous pas entendu ce que je vous ai dit de faire ?

Florentine se retourna et cria d'un air renfrogné :

— Je ne veux pas ramasser mes choses ! Nous venons juste d'arriver ici après deux semaines de voyage dans cet horrible carrosse. Je veux rester ici un certain temps.

— C'est impossible pour le moment, fis-je en jetant un coup d'œil à François. Il nous faut partir, et vite.

François traversa la pièce en un clin d'œil. Il tira Florentine hors du lit et la força à le regarder.

— Il se passe des choses en ce moment que tu ne peux pas comprendre. Il est d'une importance capitale que tu fasses ce qu'on te demande de faire.

Florentine lui lança un regard noir.

— Pourquoi ? Avez-vous peur que des villageois viennent ici avec des pieux en bois ?

Je vis monter la colère dans le visage de François et fis rapidement le tour du lit pour l'attraper par le bras.

— Non, François, elle a juste peur.

Il se figea et plissa les yeux.

— Lâche mon bras, sinon, je te jure que tu seras la suivante.

Je restai figée pendant un instant, incapable de m'avouer qu'il me faisait presque aussi peur que Claudio. Je finis toutefois par céder devant la menace d'une punition et je le laissai prendre Florentine. Celle-ci écarquilla les yeux et tenta de s'éloigner, mais il la retourna sur le bord du lit, les fesses dans les airs, avant qu'elle ne puisse faire un son. Il remonta ses jupes sans aucune forme de cérémonie et dénuda son derrière pendant que Bernardo regardait, l'air horrifié. François leva la main très haut et lui donna une bonne fessée, ignorant les pleurs et les supplications de la jeune fille. Quand il eut fini, il se retourna vers Bernardo, qui baissa les yeux et se mit à ramasser ses choses.

Florentine replaça ses jupes en sanglotant.

— On t'avait prévenue, fit-il, puis il sortit de la pièce.

— Que s'est-il passé ici ? demanda Claudio.

— Florentine ne croit pas qu'il soit nécessaire d'écouter les ordres donnés par des vampires. Mais elle comprend maintenant l'urgence de la situation.

Il fit une pause, puis reprit :

— Je vais voir à tout pour toi, mon ami[84].

⁂

Jean demanda où il devait nous conduire.

— Il nous faudra faire la traversée par bateau, fit Claudio. Nous allons à Paris.

Jean serra les lèvres, hocha la tête et jeta un coup d'œil à François et à Victoire.

François cligna rapidement des yeux et tenta de sourire.

— Mais Claude-Michel, nous…

— C'était ça le plan, François, fit Claudio impatiemment. Quand nous en aurions terminé avec le fils de Katarina, nous devions retourner à Paris.

Il se tourna vers son frère.

— Je suis avec toi, peu importe ce que tu décides, fit Victoire.

— C'est bon qu'il y ait au moins une personne qui soit de cet avis.

Claudio monta dans le carrosse.

François ne tenta pas de dissimuler sa colère, faisant les cent pas et gesticulant tout en parlant.

— Je ne crois pas que, après tout ce que tu as vécu, Paris soit la meilleure place où aller. Qu'arrivera-t-il si on te

84. N.d.T. : En français dans le texte original.

reconnaît ? Et si les paysans veulent ta tête ? Et s'ils veulent la mienne ?

— Serais-tu en train de devenir lâche ? N'étais-tu pas avec moi à bord du navire de Gunnar et n'as-tu pas vu ce dont il était capable ? Ce soir, alors qu'il avait un poignard dans l'œil, il m'a parlé.

François grogna de frustration, mais monta dans le carrosse.

— Ça ne me plaît pas, Claude-Michel.

— Nous arriverons la nuit. Une fois le soleil couché, nous avons des atouts que les autres n'ont pas.

— Bon, si tu insistes, répondit François.

Tous les autres étaient déjà installés dans le carrosse. Bernardo regardait en silence par la fenêtre arrière, et Florentine, à ses côtés, se blottissait contre moi. Victoire avait choisi d'abandonner son carrosse. Son domestique et lui étaient assis en face de Claudio et de François. Je les regardais. J'aurais dû comprendre, en voyant l'étrange sourire qu'affichait François vers la fin de la journée, qu'il avait planifié quelque chose.

Ce soir là, nous nous arrêtâmes dans une auberge, afin que les chevaux puissent se reposer. François ouvrit joyeusement une bouteille dans la chambre après que Bernardo, Florentine et Pierre se furent couchés. Jean, resté avec nous, était assis aux pieds de Claudio, qui lui caressait les cheveux d'un air absent. J'eus l'impression que Victoire regardait Pierre sortir avec regret et je me demandai combien de choses, au juste, les deux frères avaient en commun. J'étais intriguée de savoir si Victoire utilisait son domestique comme le faisait Claudio et s'il était aussi prompt à la punition. Puis, je me demandai quel goût pouvait avoir Victoire, et je dus me forcer pour détourner mon attention.

— Qu'est-ce que ça fait, demanda Victoire, d'être un vampire ?

Claudio se pencha vers l'avant, le poing serré.

— Je suis fort, Victoire. Plus fort que je ne l'ai jamais été. Et plus grand, aussi. Tu le vois bien, non ?

Victoire acquiesça.

— Tu ne peux plus manger… de nourriture ?

— Je ne sais pas. Je n'ai pas essayé. J'ai pris du vin et le goût me plaît encore.

Victoire lui tendit un bout de pain, que Claudio accepta. Il mordit dedans et mâcha avec attention.

— C'est encore bon. Mais quand j'ai faim, je ne peux penser à rien d'autre qu'au goût d'un beau cou.

— Intéressant, fit Victoire tout en acceptant le verre de vin que lui offrait François.

— Moi, j'ai déjà entendu dire que le vin pouvait avoir un effet étrange sur les vampires, ajouta François.

Tout le monde se retourna vers lui.

— Quel genre d'effet ? demandai-je.

— Eh bien… que ça pouvait… leur monter facilement à la tête. C'est quelque chose qui arrive de façon occasionnelle, il n'y a pas de quoi s'inquiéter.

— Où as-tu entendu ça ? demanda Claudio en prenant le verre que François lui tendait.

— J'ai entendu ça il y a longtemps. Mais je n'y avais pas prêté attention, car je ne croyais pas alors à l'existence des vampires.

François prit son verre de vin et s'installa avec nous. Il observait Claudio attentivement.

Claudio ne buvait pas. Il renifla plutôt son vin, et son visage prit une étrange expression. Il regarda François d'un drôle d'air et posa son verre sur la petite table. En moins d'une seconde, il était juste à côté de François. Il prit le verre de son ami et en but une gorgée, en souriant de façon ironique.

— C'est très bon, non? Le mien n'est pas aussi bon.

François tenta de se relever de sa chaise, mais il ne bougea pas assez vite pour éviter le dos de la main de Claudio qui s'abattit sur sa joue. François perdit l'équilibre et tomba par terre, où il essuya le sang sur sa lèvre. Jean était déjà debout, observant la scène, prêt à passer à l'action.

Sans réfléchir, je m'éloignai, en direction de Victoire.

— Claude-Michel, qu'est-ce que tu fais?

Je sentais que mes crocs avaient commencé à s'allonger.

Victoire était déjà debout, sa rapière à la main.

Claudio se mit à hurler.

— Qu'est-ce que tu voulais faire? Tu voulais m'endormir pour devenir le chef de notre petite famille?

François secoua la tête.

— Claude-Michel, je m'inquiète pour toi. Je voulais que tu puisses bien te reposer après l'épreuve que tu as vécue. Je ne veux pas que tu sois forcé de réfléchir et de planifier.

— Dans ce cas, il faut me suggérer de dormir, et non essayer de me manipuler avec une potion!

Victoire était debout derrière François, la rapière pointée en direction de son cou, et jetait des coups d'œil à Claudio en attente d'instructions.

François tourna la tête un tout petit peu, tout en gardant son attention sur Claudio.

— Je suis désolé, Claude-Michel, je...

— Lève-toi !

— Qu'est-ce que tu comptes faire ?

— Obéis à mon frère, ordonna Victoire.

François se leva prudemment, essayant de se tourner vers Victoire, qui pressa le bout de sa lame contre son dos. Alors, François se concentra plutôt sur Claudio. Celui-ci prit le verre qui lui était destiné et le tendit à François.

— Dis-moi, mon *ami*, fit Claudio en appuyant sur le dernier mot. Qu'est-ce qui a changé en toi ? Tu n'es plus le même depuis quelques mois.

— Je t'ai tout dit, Claude-Michel. Maintenant que notre vie a changé, je veux pouvoir montrer l'amour que j'ai pour toi.

— Et pourquoi est-ce que tu y tiens tant, tout à coup ?

François fit un grand soupir. On aurait dit que quelque chose en lui s'était flétri.

— C'est ce que j'ai toujours voulu. Je n'ai rien fait par le passé, à cause d'Angélique. Et de tes enfants. Maintenant, je ne vois plus de raison de m'en empêcher.

Les yeux de Claudio lançaient des lueurs menaçantes. Je regardais la scène, assise au bout du canapé, les pieds sous mon corps, prête à bondir à tout moment.

— À la taverne *La Piuma Nera*, fit Claudio, le monstre albinos a dit quelque chose de très intéressant. Il a dit qu'il savait tout de toi. Évidemment, je n'ai pas eu l'occasion alors d'en discuter avec lui.

— Je ne sais pas de quoi il parlait. Cet homme est diabolique. Il aurait été prêt à dire n'importe quoi.

— Bois ton vin, dit Claudio d'un air sombre. Ou je vais te le verser directement dans la gorge.

François but le verre rapidement, regardant Claudio d'un air fâché. Quand il eut terminé, il reposa le verre avec force, en brisant la base.

— Voilà, fit-il. Tout pour te faire plaisir.

Claudio vida son verre et se dirigea vers François, qu'il déshabilla avec rudesse. Victoire écarquilla les yeux, comme je le fis sûrement aussi, mais il continua à tenir son épée prête. Les yeux de François s'écarquillèrent également, mais il tenta de toucher Claudio, qui lui donna une autre gifle sur la joue. François le regarda, interloqué.

Sans rien dire, Claudio partit vers la chambre à coucher et en revint avec la cravache. François éclata de rire.

— Un vampire peut en supporter tellement plus qu'un simple mortel.

— Un vampire peut en donner tellement plus qu'un simple mortel… mon ami[85].

Claudio asséna un grand coup dans le dos de François. Celui-ci tomba à genoux et parut incapable de se relever. Claudio continua à le frapper jusqu'à ce que des lignes de sang zèbrent son dos.

85. N.d.T. : En français dans le texte original.

J'entendis Bernardo et Florentine chuchoter dans l'autre pièce, intrigués par ce qui se passait, et Pierre les implorer de ne pas venir ici. C'était un sage conseil.

— Il semble que ton plan était de toute façon voué à l'échec, dit Claudio. Car ta potion ne semble avoir aucun effet sur toi. La prochaine fois que tu essaies de faire quelque chose du genre, je vais t'écorcher vif.

François leva les yeux vers lui. Claudio lança la cravache sur le sol et se dirigea vers la porte.

— Où vas-tu, Claude… Claudio ?

— Je m'en vais dîner. Et je reviens bientôt. Faites attention qu'il ne tache rien avec son sang.

Et il sortit en claquant la porte.

Je regardai Jean et me rendis compte qu'il me regardait lui aussi.

— Pourquoi n'y vas-tu pas avec lui ? Il n'a pas les idées claires.

Jean hocha la tête, rangea son épée dans sa gaine et suivit Claudio. J'espérais qu'il ne marchait pas trop vite afin que Jean puisse le rattraper. Mes yeux se tournèrent alors vers François, étendu sur le sol, qui regardait dans le vide les yeux remplis de larmes.

— Aidez-moi à le coucher sur le canapé, fis-je.

François nous repoussa.

— Je peux marcher, fit-il avec humeur.

Il grimpa péniblement sur le canapé et tomba à plat ventre. Il continuait de regarder dans le vide.

— Je vais aller chercher un linge, fit Victoire, avant de disparaître dans la chambre à coucher.

Pendant qu'il était parti, j'examinai les blessures de François.

— Mais qu'essaies-tu donc de faire ?

Je me sentais vraiment mal pour lui.

— J'essaie de faire en sorte qu'il m'aime.

— Tu le connais tellement mieux que moi. Pourtant, même moi, j'aurais pu te dire que ce n'était pas la bonne façon.

Quand Victoire revint, je lavai les blessures de François. À part le fait que son dos se mettait de temps en temps à trembler, François ne réagissait pas du tout, alors que je savais que cela devait être très douloureux.

— Vous faites très bien ça, fit Victoire, inclinant la tête et souriant.

Je tentai de ne pas remarquer la beauté de son sourire. C'était étrange d'être entourée d'aussi beaux hommes.

— Merci, répondis-je.

Il prit le linge et le posa sur la table, puis il ramassa nos verres et se dirigea vers la chambre.

— Venez avec moi, nous devrions lui laisser un peu d'espace, qu'il puisse se reposer.

J'obéis, me sentant ridicule de frissonner en présence d'un homme qui n'était pas un vampire. Mais c'était un du Fresne, et cela changeait tout.

Il me conduisit vers la chambre et ferma la porte.

— Il y a quelque chose que j'aimerais savoir.

Il traversa la pièce et alla s'asseoir dans la chaise de lecture. Il croisa les jambes et me regarda avec une expression que je ne lui avais jamais vue, un air défiant rempli de gravité.

— Qu'est-ce qu'il y a ? demandai-je de l'endroit où je me trouvais, en buvant une gorgée de vin.

— Il est évident que vous aimez toujours le vin. Y a-t-il d'autres choses que vous aimez encore ?

Il ressemblait tellement à Claudio à ce moment-là que j'en eus presque le souffle coupé.

— Oui.

— Autre chose que j'aimerais savoir. Vous a-t-il déjà punie ?

La question me fit sursauter. Ma bouche devint sèche.

— Oui, chuchotai-je.

— Aimez-vous ça ? Être avec un homme qui fait ce genre de choses, je veux dire.

Il me fallut baisser les yeux. Je ne savais pas comment répondre.

— C'est pourtant une question simple.

Il se leva et déposa son verre sur la coiffeuse sans me quitter des yeux. Il s'approcha de moi lentement, comme un chat guettant sa proie.

— Aimez-vous être avec un homme qui prend ce dont il a envie et punit la désobéissance ?

Je n'arrivais plus à me forcer à le regarder. Je voulais me sauver de la chambre. Mes crocs avaient commencé à s'allonger.

— Monsieur[86], fis-je, pendant qu'il m'enlevait mon verre et le déposait à côté du sien. Je suis avec votre frère…

— Pensez-vous que mon frère n'a pas profité de ma femme en de nombreuses occasions ?

J'avalai. Je ne savais pas quoi faire.

---

86. N.d.T. : En français dans le texte original.

— Je… ne savais pas que vous aviez une femme.

— J'en ai une. Mais elle est loin d'être aussi belle que vous.

— C'est terrible de dire une telle chose.

— Mais c'est vrai. Notre mariage est un arrangement. Et je sais que mon frère serait d'accord pour partager sa belle vampiresse avec moi. Ne vous a-t-il pas déjà partagée avec d'autres ? Avec François, non ?

— François ne s'intéresse pas aux femmes.

Il y eut un tressaillement dans le visage de Victoire. Puis il se força à sourire.

— C'est vrai. Par contre, moi, je m'y intéresse.

Il prit soudainement mon visage dans ses mains et m'embrassa avec rudesse, se coupant la langue sur l'un de mes crocs. Sans paraître le remarquer, il envahit ma bouche, me poussant en direction du lit. Je tentai de m'écarter. Ce fut beaucoup plus difficile que cela n'aurait dû l'être.

— Victoire, vous ne devriez pas aguicher des vampires.

— Je n'aguiche pas.

Il enleva sa chemise, découvrant un corps mince mais musclé, moins poilu que celui de son frère. Une lueur menaçante brillait dans ses yeux.

— Je pourrais vous tuer facilement, l'avertis-je.

— Mais vous ne le ferez pas.

Il me poussa sur le lit, releva ma jupe et me pénétra rapidement. Je le dévisageai, surprise. Il me regarda avec un air si arrogant que j'eus envie de le gifler, surtout à cause de son petit sourire. Tout le pouvoir que j'avais eu avec lui, quand je l'avais forcé, par exemple, à rester avec le carrosse au manoir de la *marchesa*, était disparu. Peut-être, en fait, n'avait-il jamais existé. Après tout, n'était-ce pas le frère de Claudio ?

Il me prit avec rudesse. Je me demandai s'il voulait m'impressionner avec sa force de mortel, ou s'il voulait simplement me montrer qu'il me dominait, mais cela ne changeait rien. Ses mouvements et son regard sombre m'excitaient. Pendant un instant, j'eus désespérément envie qu'il fût un vampire, afin qu'il puisse prendre ce qu'il voulait sans rien demander, qu'il me fasse peur.

Il avait, semble-t-il, des pensées du même ordre.

Il me déplaça vers le milieu du lit et se coucha sur moi, respirant dans mon oreille, m'aguichant avec l'odeur de sa chair et les battements dans ses veines. J'entendais le sang couler en lui. Mes crocs avaient leur pleine longueur. J'avais envie d'une petite croquée.

— Rendez-moi comme vous êtes, chuchota-t-il. Je veux être un vampire.

Je cessai de bouger et le repoussai. Il regarda ma main, ses narines se dilatèrent, puis il me regarda dans les yeux.

— Que me demandez-vous ?

— Vous m'avez très bien entendu.

— Je ne peux pas. Je ne le ferai pas.

— Vous le ferez, fit-il en serrant mes épaules de manière à me faire mal.

Il ne me fallut pas beaucoup de force pour l'enlever de sur moi. Il atterrit sur son derrière et regarda autour de lui, étonné. Puis, l'air furieux, il se releva. J'étais déjà debout, face à lui.

— Je ne suis pas en phase, Victoire. Un vampire ne peut pas créer d'autres vampires quand il n'est pas en phase. Et, en ce moment, je ne le suis pas.

Il hocha la tête et serra les lèvres. Puis il me regarda d'un air penaud.

— Je suis désolé. Je me suis un peu trop emballé. Allez-vous me pardonner ?

Je le regardai avec méfiance.

— Oui, je vous pardonne. Mais je pense qu'il vaudrait mieux que j'aille me coucher maintenant. Je suis certaine que Claude-Michel ne sera pas de très bonne humeur à son retour.

CHAPITRE DIX-NEUF

Victoire continua le voyage avec nous, et François continua de bouder. Nous arrivâmes au manoir de Claudio bien après minuit, plusieurs semaines plus tard. Tout y paraissait trop calme. Je frissonnai en voyant Claudio lever les yeux. Quand je le regardai, j'eus l'étrange sensation de regarder un fantôme. Jean arrêta le carrosse devant la porte, et Claudio en descendit, demandant à tout le monde de le suivre.

François ne bougea pas.

— Je vais m'occuper des chevaux avec Jean, dit-il.

Bernardo et Florentine se regardèrent.

— Non, répondit Claudio. Tu voulais être à mes côtés. Alors, maintenant, je veux que tu y sois.

François regarda autour de lui, mal à l'aise, puis hocha la tête et esquissa un sourire.

Je m'écartai pour le laisser descendre du carrosse, puis je demandai à Claudio :

— Cette maison est à vous?

— Oui. Sors ton arme, dit-il à François tout en sortant la sienne.

François le regarda avec un air étrange.

— Quoi?

— Nous ne savons pas qui pourrait se trouver à l'intérieur, répondit Claudio impatiemment.

— Ah, oui...

François sortit sa rapière. Claudio ouvrit la porte et entra le premier.

— Bernardo, allume ça.

Il lui montra le bout de chandelle qui restait dans le chandelier en laiton sur le bord de la porte. Quelques instants plus tard, des ombres envahissaient le couloir. François regarda autour de lui avec agitation.

— C'est toi le dernier à être venu ici, fit Claudio. Tu vas m'aider à trouver qui a fait ça.

François hocha la tête.

— Oui, Claude-Michel.

Claudio avançait dans la maison tel un chasseur aux aguets. Il semblait prêt à transpercer quiconque il y découvrirait, mais nous ne trouvâmes que des pièces vides. Claudio s'arrêta dans le petit salon, en attendant que Jean vienne nous retrouver. Il joua quelques notes sur le piano.

— Nous avons eu tant de conversations dans cette pièce.

— C'est vrai, ajouta François.

Je trouvais étrange que François fût aussi calme.

Florentine et Bernardo restaient près de moi.

— C'est une magnifique maison, Claudio, lui dis-je.

— Merci[87], marmonna-t-il.

La porte d'entrée s'ouvrit. Claudio se précipita dans le couloir, brandissant son arme.

— C'est moi, Monsieur[88], fit Jean.

— Allons-y, dit Claudio en se dirigeant vers l'escalier. Allons vérifier qu'il n'y ait personne en haut. La maison est vide depuis longtemps.

Il me demanda de rester en bas avec Bernardo et Florentine, pendant que lui montait l'escalier avec François, Victoire et Jean. Il ne s'écoula pas beaucoup de temps avant qu'il ne m'appelât. Il y avait tellement d'émotion dans sa voix que je pensai que je devais m'imaginer des choses.

Je n'étais pas prête au spectacle qui m'attendait.

Claudio était dans l'une des chambres du haut. Il fixait un lit poussiéreux. D'abord, je ne compris pas ce qu'il regardait, puis m'apparut la forme frêle d'une fille. Je crus que ce devait être un fantôme ou une vision. Puis la forme bougea. Quand la vision ouvrit les yeux, ceux-ci ne semblèrent pas voir, même si la lumière du chandelier leur donnait un éclat de pierre précieuse. Son visage se troubla. Mon cœur se mit à battre très fort quand son regard s'arrêta sur Claudio. Ses yeux devinrent immenses.

— Papa ?

Mes yeux se remplirent de larmes en voyant Claudio s'avancer vers elle, lui toucher le front avec une tendresse comme je n'en avais jamais vu, ni chez des humains, ni chez des vampires.

---

87. N.d.T. : En français dans le texte original.

88. N.d.T. : En français dans le texte original.

— Es-tu un fantôme ? demanda-t-elle.

— Un fantôme…, répéta-t-il. Ma belle petite fleur…

— Ils nous ont dit que tu étais mort, papa.

— Qui a dit ça, ma petite ?

— Monsieur Villaforte. Il nous a dit que tu avais été tué et découpé en morceaux par des paysans. Nous t'avons enterré à côté de Gabriel.

Claudio serra les dents. Sa voix était tendue.

— C'est monsieur Villaforte qui t'a dit ça ?

Elle hocha la tête.

— Il a dit qu'il devait partir, mais qu'il allait revenir.

— Où est ta maman ?

Les lèvres de la fillette se mirent à trembler.

— Elle est morte il y a quelques semaines. La maladie…

— Des semaines… Elle est morte il y a quelques semaines ?

Elle hocha la tête, puis toussa.

— Si tu n'es pas mort, où donc étais-tu ? demanda-t-elle quand elle parvint à reprendre son souffle.

Claudio se pencha et la prit dans ses bras. Elle était squelettique.

— Oh, mon papillon[89], je ne t'aurais jamais abandonnée. Je te croyais morte. Je croyais qu'Angélique était morte. As-tu de quoi manger ?

Elle secoua la tête.

— Maurice n'est pas encore venu. Il a dû partir chercher de l'argent, mais je crois que… je crois qu'il est malade, lui aussi.

— Maurice. Il a demandé à Maurice de prendre soin de vous ?

---

89. N.d.T. : En français dans le texte original.

Elle hocha la tête.

— Maurice et sa femme. Mais sa femme est morte avant maman. Un médecin est venu, mais quand Maurice est allé le chercher pour qu'il vienne soigner maman, il a appris qu'il était mort, et les autres médecins ne voulaient pas venir.

— Les médecins ne voulaient pas venir. Nous allons voir ça plus tard. Quand j'aurai parlé avec monsieur Villaforte, nous allons te trouver quelque chose à manger, d'accord ? Mon amie Chloé restera avec toi jusqu'à mon retour.

Elle me regarda. Je tentai de lui sourire.

— Vous êtes très belle, dit Camille, et mon cœur se brisa aussitôt.

— Mais beaucoup moins belle que toi.

Claudio se leva. Je ne pus m'empêcher de le suivre. François était dans le couloir. Il paraissait très mal en point. Il recula quand Claudio marcha vers lui.

— N'écoute pas ce qu'elle dit, Claude-Michel. Elle est fiévreuse.

Claudio l'attrapa par le collet et lui sourit d'un air dédaigneux.

— Que je n'écoute pas ma fille ? C'est toi que je n'aurais jamais dû écouter ! Tu m'as dit qu'elle était morte. Je ne crois pas qu'elle soit si fiévreuse qu'elle s'imagine être vivante.

Même s'il tenait encore sa rapière, François ouvrit les bras dans un geste de supplication.

— Claude-Michel…

— Non ! hurla Claudio, frappant la tête de François contre le mur plusieurs fois. Je t'interdis de prononcer mon nom !

Un immense désespoir traversa le visage de François quand il laissa tomber son arme et qu'il tenta de se déprendre de l'étreinte de Claudio. Du sang coulait sur son col. Une grande peur brillait dans ses yeux.

— Je t'en prie...

Claudio le lança sur le sol. François glissa sur quelques mètres, laissant derrière lui une traînée de sang. Avant qu'il ne se soit arrêté, Claudio avait ramassé la rapière que François avait laissé tomber et avançait vers lui.

— Jean, apporte-moi mon épée. Lève-toi ! ordonna-t-il à François.

— Non, Claude-Michel, ne fais pas ça. Tu verras, quand tu te seras calmé, tu comprendras pourquoi j'ai agi ainsi.

— Lève-toi ou je te tuerai là, par terre.

François se leva et prit l'épée que Jean lui tendait. Il tenta de bloquer les coups de Claudio, mais le faisait sans réelle conviction. Puis il fit un grand soupir et s'immobilisa.

— Claude-Michel, je...

Mais Claudio ne s'arrêta pas. Il lui asséna un coup final qui trancha son poignet. L'épée de François, que sa main tenait toujours, fit un cliquetis en tombant sur le sol. Un air de profond effroi traversa le visage de François, qui regarda sa main, puis le sang qui giclait de son membre. Claudio recula après avoir reçu des gouttelettes dans le visage. François se mit à hurler et serra fermement son bras contre lui. Il lança un regard offensé à Claudio, puis s'enfuit.

— Si jamais tu reviens ici, je te tuerai ! cria Claudio pendant que l'autre s'éloignait.

Jean était appuyé sur le mur, les yeux écarquillés d'horreur. Je ne sais pas ce que je fis alors. J'avais l'impression de ne plus être là, et que la scène qui se déroulait devant moi était tout ce qui existait.

— Dis à Bernardo et à Florentine de bien nettoyer et de se débarrasser de ça, fit Claudio en montrant la main de François.

Jean, toujours immobile, continuait à fixer le couloir recouvert de sang.

— Jean ! cria Claudio.

Le garçon cligna des yeux, hocha la tête et parut sur le point de vomir.

— Oui, Monsieur[90].

— Et va voir s'il y a quelque chose à manger pour ma fille.

— Florentine s'en est déjà occupée. Il reste du pain et du vin. J'irai chercher d'autres trucs demain matin.

— Nous allons en chercher dès maintenant.

Claudio essuya le sang de son visage et se dirigea vers l'escalier.

— Nous allons trouver un médecin et le ramener ici de force, s'il le faut. Et si jamais vous revoyez François Villaforte, dites-le-moi.

Il commença à descendre l'escalier.

Je ne compris pas pourquoi il n'était pas allé retrouver sa fille.

— Claudio, appelai-je. Où allez-vous ?

— Je vais m'occuper de sauver la vie de ma fille.

Je m'avançai vers lui et, chuchotant pour que sa fille ne puisse m'entendre, lui dis :

— Elle vous veut avec elle. C'est un miracle qu'elle ait survécu aussi longtemps. Si elle meurt cette nuit, en espérant être avec vous, comment vous sentirez-vous ?

---

90. N.d.T. : En français dans le texte original.

— Un médecin pourra la sauver.

— Le médecin n'a pas réussi à sauver l'autre femme. Votre fille veut être avec vous cette nuit. Elle a peur et elle s'ennuie de vous. Allez-vous la quitter encore quand vous avez la possibilité de la réconforter?

Claudio regarda Jean, qui baissa les yeux, puis se retourna vers moi. Sans rien dire, il remonta les marches.

— Apporte-moi de l'eau et quelque chose pour me laver, fit-il en direction de Jean.

Jean hocha la tête et sortit. Claudio resta à fixer le sang dans le couloir, puis il lança un cri de rage et jeta son arme par terre.

Je restai avec Claudio, qui passa la nuit appuyé sur un oreiller dans le lit de sa fille, qui était recroquevillée contre sa jambe. Il lui caressait les cheveux et le dos. Elle avait réussi à prendre un peu du pain et du vin que Florentine avait apportés. À un moment, au cours de la nuit, Camille se réveilla en sursaut, cligna des yeux en regardant son père, puis sourit.

— Je pensais que tu étais un rêve.

— Non, mon papillon[91], je ne suis pas un rêve. Essaie de dormir.

Durant quelques jours, elle parut aller mieux. Elle nous raconta comment François avait insisté sur le fait que Claudio était mort et leur avait promis qu'il allait bientôt revenir, comment Maurice et sa femme avaient pris soin d'elles, comment, quand la maladie était venue, Angélique avait pris soin de la femme de Maurice pendant qu'elle se mourait. Claudio la tenait dans ses bras pendant qu'elle pleurait la mort de sa mère.

91. N.d.T. : En français dans le texte original.

— Elle s'ennuyait tellement de toi. Elle parlait tous les jours à ton portrait. Chaque fois qu'elle pensait avoir fait quelque chose de mal, elle allait te le dire. Elle restait prosternée devant le tableau pendant des heures.

Camille tourna son visage baigné de larmes vers son père.

— Pourquoi est-ce qu'elle faisait ça, papa ? Je pensais devoir le faire aussi, mais ça me faisait mal aux genoux.

— C'était sa façon à elle de me montrer son dévouement.

Bernardo arriva avec de l'eau fraîche. Je vis dans le visage de Claudio que l'odeur du garçon avait éveillé sa faim. Il avait perdu l'appétit pendant quelques jours, mais maintenant, sa faim remontait à la surface trop rapidement pour qu'il puisse la camoufler. Ses dents allongèrent très vite. Horrifié, il se détourna de Camille, mais elle avait déjà remarqué.

— Papa, demanda-t-elle avec étonnement, qu'est-ce qui arrive à tes dents ?

— Rien, c'est la fièvre qui te fait voir des choses.

— Voudriez-vous prendre un peu l'air, Monsieur[92] ? demandai-je.

— Papa, laisse-moi voir, insista Camille.

Sa supplication était si vibrante qu'il ne put que baisser la tête.

— Je t'en prie, papa. Est-ce que c'est pour ça que tu n'es pas revenu ? Parce que tu es devenu un vampire ?

Il se tourna vers elle.

— Quoi ? Mais que connais-tu aux vampires ?

— J'ai entendu des histoires. Les gens disent qu'ils n'existent pas, mais moi, j'ai toujours cru… Papa ! Tes dents !

---

92. N.d.T. : En français dans le texte original.

Ses crocs avaient maintenant leur pleine longueur. Mon cœur se mit à battre fort tellement j'étais triste pour Claudio quand je pensai au regard rempli de haine de Lucio. Il avait été trahi par l'un de ses enfants. Je craignis qu'une autre trahison eût raison de lui. Toutefois, malgré tout le reste, Claudio est aussi un homme fort qui sait faire face à ses obligations. Il inspira profondément et regarda sa fille.

— Oui, fit-il avec précaution. Je suis un vampire, tout comme Chloé et François. C'est quelque chose qui nous est arrivé pendant nos voyages.

Les yeux de Camille s'écarquillèrent.

— Est-ce que tu tues des gens pour boire leur sang?

Claudio eut un rire las.

— Non, ce n'est pas comme ça que ça se passe. Les gens n'en meurent pas. Ils restent plutôt avec moi pour que je puisse continuer à me nourrir d'eux.

— C'est ce que font Bernardo et Florentine? Ils restent avec toi pour que tu puisses manger?

— Oui. Et Jean aussi, bien sûr.

Il sourit l'air honteux.

— Et as-tu faim maintenant?

Il acquiesça.

— Alors va boire. Et reviens après.

Elle serrait la main de son père en parlant, comme si elle craignait qu'il disparût de nouveau.

Il porta la main de sa fille jusqu'à ses lèvres.

— Mon papillon[93]. Je ne te quitterai plus.

Elle sourit et ferma les yeux, puis s'endormit aussitôt.

---

93. N.d.T. : En français dans le texte original.

— Elle se force à rester éveillée pour être avec vous, dis-je. Un peu de repos lui fera du bien.

Claudio hocha la tête, sortit et appela Bernardo. Je restai avec Camille. Mais pendant la sieste, son état empira. Et quand Claudio revint, une demi-heure plus tard, elle était fiévreuse.

Il resta près du lit, touchant les draps d'un air absent.

— Je ne l'ai pas emmenée au théâtre, fit-il.

— Au théâtre ?

— Elle voulait que je l'emmène faire une promenade dans le parc, comme je le faisais quand elle était plus jeune, mais j'étais trop pris par Gabriel, son frère. Alors, je lui ai dit que j'allais l'emmener au théâtre le jeudi soir. Or, le jeudi, j'étais déjà parti.

Je me levai et m'approchai de lui, étonnée de voir combien il aimait sa famille. Cela me brisait le cœur. C'est sans doute à cause de cela que je l'aime autant aujourd'hui. Je pris sa main dans la mienne et l'embrassai.

— Elle ne vous en veut pas, Claudio. Elle est très heureuse maintenant. Heureuse que vous soyez revenu.

— J'ai laissé ma femme mourir seule.

— Vous ne pouviez pas savoir. C'est à cause de François. Pas de vous. C'est François qui est responsable.

Il s'assit sur le bord du lit de Camille, caressa ses cheveux emmêlés.

— Qui est responsable, ça n'a plus vraiment d'importance.

Claudio n'avait pas bougé quand Camille revint à elle un peu plus tard. Sa voix était très faible.

— Papa…

Il la regarda dans les yeux et tenta de sourire.

— Je suis là, mon papillon[94]…

— Papa, je suis malade.

— Tu vas bientôt guérir.

— Papa… si tu me mordais…

— Chut… ne dis pas de bêtises.

— Elle a raison, Claudio. Il est possible que ça l'aide.

Camille se mit à tousser, à chercher son souffle. Claudio regarda autour de lui, comme pour trouver quelqu'un qui pourrait l'aider, mais nous étions seuls dans la pièce. La toux de Camille finit par se calmer, et elle inspira quelques fois profondément.

— Si tu me mordais, est-ce que je me sentirais mieux ?

Claudio et moi nous regardâmes. Pour la première fois depuis notre arrivée ici, j'avais de l'espoir.

— Il me semble qu'effectivement, on devient plus fort, dis-je.

Claudio se retourna vers Camille.

— Veux-tu que j'essaie ? Ça va faire mal…

— Je veux voir ce que ça fait.

Il la prit dans ses bras, essayant de ne pas l'étreindre trop fort.

— Mon papillon[95], ma petite. Je ne veux pas te faire mal.

— S'il te plaît, fit-elle faiblement.

Les mains tremblantes, il écarta les mèches de cheveux collées à son cou. Ses doigts tremblaient trop pour y arriver, alors je l'aidai. J'avais passé beaucoup de nuits difficiles, dans ma vie passée, à prendre soin d'enfants malades. Je savais comment mettre mes peurs de côté pour m'occuper de petits

94. N.d.T. : En français dans le texte original.

95. N.d.T. : En français dans le texte original.

détails, tout comme la part de soldat que Claudio avait en lui savait comment mettre de côté ses peurs pour s'occuper de grandes choses. Camille lui sourit.

— Comme ça ?

Et elle inclina la tête vers l'arrière pour lui offrir son cou.

Les yeux de Claudio se remplirent de larmes. Il les ferma et embrassa la joue empourprée de sa fille. Puis, avec un soupir résigné, il approcha ses lèvres du cou de la jeune fille et, du bout de la langue, trouva le bon endroit. Camille se tendit et aspira bruyamment au moment où il transperçait sa peau de ses crocs. Elle s'agrippa de toutes ses forces à son père.

Il crispa les paupières et fit une grimace en buvant. Je savais que son sang devait être amer. Il n'en but qu'un peu, et reposa Camille dans son lit. Elle lui sourit d'un air ensommeillé.

— Ne pleure pas, papa, fit-elle.

Il tenta de lui sourire, mais une étrange expression envahit son visage. Puis il se précipita vers le pot de chambre et vomit. Quand il revint, Camille dormait déjà. Je m'approchai de lui et l'étreignis.

Le lendemain après-midi, Camille se réveilla et demanda à ce qu'on lui apporte de la nourriture et son livre préféré. Elle passa presque tout le reste de la journée à lire. Après quelques heures passées ainsi, je fus capable de convaincre Claudio d'aller marcher un peu.

— Je vais l'emmener loin d'ici, fit-il. Nous devons quitter cette maison dès qu'elle sera suffisamment forte.

Nous arrivâmes près de trois tombes — celle de son fils Gabriel, celle d'Angélique et celle de Claudio.

— Ça fait bizarre de regarder sa propre tombe. Je sens qu'il y a une grande partie de moi qui est morte.

— Je suis désolé, Monsieur[96], pour tout ça. Et pour François.

Claudio avala.

— Nous étions ensemble depuis notre enfance. Je n'aurais jamais imaginé qu'il puisse… tout détruire.

— Il est fou de désir pour vous, fis-je doucement.

— De penser qu'Angélique a souffert ici, toute seule… Je pourrais le tuer. Or, je sais qu'être banni représente une punition bien pire pour lui.

Quand nous revînmes dans la chambre de Camille, Victoire veillait sur elle. Son visage s'illumina quand elle vit son père.

— Papa, je me sens mieux.

— C'est merveilleux.

C'était la première fois que je le voyais paraître réellement heureux.

— Oncle Victoire me faisait la lecture.

Victoire se leva.

— Et maintenant, le temps est venu d'aller chercher du pain et du vin, étant donné qu'il semble que je sois destiné à rester comme je suis.

Il me sourit avant de quitter la pièce.

— De quoi parle-t-il ? demanda Claudio.

— Il veut devenir un vampire. Il m'avait demandé de le transformer avant notre arrivée à Paris.

— Je crois que vous devriez le faire, dit Camille. Deux frères. Deux vampires. C'est romantique.

---

96. N.d.T. : En français dans le texte original.

— Tu as une drôle de vision du romantisme. Mais bientôt, tu pourras voyager et remplir ton esprit d'images de pays étrangers.

— Où allons-nous ?

— Nous allons visiter le plus beau parc du monde, afin que je puisse montrer la plus belle fille du monde et rendre tous les jeunes hommes jaloux.

Il se pencha et l'embrassa sur le front.

— Le parc… et le théâtre, aussi ?

— Mais bien sûr. Surtout, le théâtre.

Il resta avec elle pendant tout l'après-midi. Quand je le quittai pour aller me nourrir, il était en train de lui raconter ses aventures et de lui parler de Gunnar et de Lucio. Et de Katarina.

Mais plus tard, ce soir-là, l'état de Camille empira de nouveau. Elle avait des hallucinations et criait. Claudio appela Jean.

— Va chercher un médecin. Ramène-le à la pointe de ton épée, s'il le faut, mais ramène-le !

Claudio tint le corps tremblant de Camille contre lui pendant qu'elle criait et marmonnait des paroles incohérentes. Peu de temps après, elle devint toute molle dans ses bras. Il tenait son enfant mourante dans ses bras, et je ne pouvais rien faire pour lui. Jean revint plusieurs heures plus tard, seul.

— Il n'a pas voulu venir, Monsieur. Et quand j'ai sorti mon épée, il s'est mis à rire et m'a jeté dehors. Je n'en ai pas trouvé d'autre. Monsieur, qu'est-ce qui ne va pas ?

— Ce n'est pas grave. Je ne pense pas qu'il aurait pu faire quoi que ce soit.

Les hommes enterrèrent Camille à côté de son frère. Nous restâmes encore une journée dans la maison. Claudio allait d'une chambre à l'autre, tel un fantôme. Nous partîmes vers la fin de l'après-midi le lendemain. Sur la route, nous dépassâmes trois jeunes hommes qui marchaient.

— Arrête le carrosse, fit Claudio. Arrête le carrosse !

Les jeunes hommes, qui avaient beaucoup bu, riaient.

— Que nous veut ce gentilhomme respectable ? demanda l'un d'eux.

— Connaissez-vous le château du Fresne ?

— Mais bien sûr. Nous n'avons pas d'argent, mais nous savons où il est.

Claudio leur lança un petit sac, qui tomba aux pieds de celui qui avait parlé. Un des deux autres gars se précipita pour le ramasser et l'ouvrir.

— C'est mon château, fit Claudio. J'aimerais que vous le brûliez. Brûlez tout ce qu'il y a. Ne gardez rien. Me comprenez-vous bien ?

Le jeune homme qui comptait l'argent murmura quelque chose à l'oreille de celui qui avait parlé, qui hocha la tête et dit, d'un air incrédule :

— Oui, Monsieur[97]. Nous le ferons.

— Très bien. Allez, Jean. Avance.

97. N.d.T. : En français dans le texte original.

CHAPITRE VINGT

Claudio avait demandé à Jean de nous conduire à l'appartement où il emmenait ses maîtresses et ses amants. Il lui avait également demandé d'aller chercher le double de la clé qui était caché sous une pierre dans un jardin du voisinage.

— C'est quand même incroyable qu'on ne me l'ait pas volée, non ?

Derrière nous, un vieil homme qui passait se racla la gorge. Claudio se retourna et lui fit un sourire figé.

Le vieil homme nous dévisagea les uns après les autres — Victoire, Pierre, Jean, Bernardo, Florentine et moi-même — avant de revenir à Claudio avec un air quasi admiratif.

— Oui ? fit Claudio avec une teinte d'impatience.

— *Perdone,* Monsieur, mais j'ai entendu dire que le comte du Fresne nous avait quittés, et pourtant, vous lui ressemblez beaucoup. Qui plus est, à moins que je ne me trompe, c'est bien son appartement.

— Ne soyez pas ridicule, répondit Claudio. Je l'ai déjà rencontré. Il est beaucoup plus petit que moi.

Il ouvrit la porte et entra dans l'appartement poussiéreux, qui sentait le renfermé. Au même moment, l'homme lui souhaita une bonne soirée, d'un air envieux qui laissait paraître qu'il aurait bien voulu qu'on l'invite à entrer aussi. Dès que nous fûmes entrés, toutefois, Claudio referma la porte. Jean alla dans la chambre à coucher avec nos bagages.

Dans le salon, il y avait un petit bar, une chaise de lecture et une petite bibliothèque garnie de différents ouvrages érotiques de l'époque. Florentine sembla attirée par ces livres et poussa de petits « Oh ! » ou se mit la main sur la bouche pour étouffer un petit rire à la lecture de certains titres. Emballée, elle prit l'un des livres. Bernardo la rejoignit.

— Florentine, la réprimanda-t-il. Tu ne dois pas lire ce genre de trucs.

Quand il tenta de le lui enlever, elle pressa le livre contre sa poitrine et se détourna.

— Laisse-moi tranquille, Bernardo.

— Mais Florentine…

Je m'amusais à les écouter. Parfois, Bernardo s'accrochait encore de toutes ses forces à son ancienne vie, même s'il était en train de devenir un excellent serviteur de vampire. Il s'éloigna vers la fenêtre au moment où Florentine se lançait dans une attaque contre son frère.

— Tu voulais que je me marie alors que je ne savais rien, et maintenant, tu espères encore que je reste ignorante. Que je reste l'objet du désir des hommes sans jamais penser à mon propre plaisir ?

— Ce n'est pas respectable qu'une jeune femme...

— Si être respectable, cela signifie être mort à l'intérieur, Bernardo, alors je ne veux pas être respectable.

Elle se laissa aller dans la chaise de lecture de Claudio, lança un regard furieux à son frère et ouvrit son livre en respirant bruyamment. Bernardo ouvrit la bouche pour continuer, mais Claudio l'arrêta.

— Laisse-la lire. Moi, personnellement, je serais tout à fait d'accord pour qu'elle apprenne des choses. Et si tu continues à l'énerver, elle va peut-être finir par te faire mal.

Victoire vint me rejoindre sur le balcon.

— J'étais sérieux, dit-il. J'y ai bien pensé. Je veux devenir comme vous. Je serai très reconnaissant si vous acceptiez de faire cela pour moi.

Je hochai la tête.

— Claude-Michel vous en a-t-il parlé ?

Il secoua la tête.

— Il avait beaucoup de préoccupations. Mais peut-être que maintenant, il pourra penser à autre chose qu'à la vengeance.

— Peut-être. Je veux bien considérer votre demande, Victoire, mais il vous faudrait d'abord en parler à votre frère. Je ne le ferai pas s'il n'est pas d'accord.

— Ça me va.

— De toute façon, je ne sais pas combien de temps il faudra avant que je puisse le faire de nouveau.

Derrière nous, Bernardo venait d'entrer avec fracas dans la chambre à coucher. Je quittai le balcon pour aller m'asseoir avec Florentine, qui faisait semblant de lire. Elle serrait les lèvres et respirait bruyamment. Je tentai de lui faire oublier un peu son frère.

— Est-ce que tu voudras m'en lire un bout ?

— T'en lire un bout ? Mais pourquoi est-ce que tu ne le ferais pas...

Elle plissa les yeux et m'examina.

— Vous ne savez pas lire ? demanda-t-elle avec surprise.

Je me sentis gênée, ce qui ne m'arrivait pas souvent.

— Je n'ai pas eu le même genre d'enfance que toi.

— Mais vous semblez savoir tant de choses...

— Il existe différentes façons d'apprendre.

— Venez ici. Je peux vous apprendre...

Et c'est comme cela que se déroulait le premier jour qui suivait la mort de la dernière personne à avoir fait partie de la vie de Claude-Michel du Fresne. Claudio faisait le tour de l'appartement, touchait à tout. Je me demandais s'il avait l'impression de toucher à des choses qui avaient appartenu à quelqu'un d'autre et s'il imaginait de beaux après-midis passés ici dans les bras de jolis hommes et de belles femmes. Je me demandais également s'il avait, comme moi, le sentiment que nous commencions enfin notre nouvelle vie. Moi, je n'aurais jamais imaginé que ma vie puisse changer de manière aussi radicale. Quand il ouvrit les fenêtres et se mit à regarder la rue en bas, je m'apprêtai à me diriger vers lui, mais Jean revint à ce moment-là dans la chambre et s'approcha de lui.

— Bernardo a choisi le canapé dans la chambre. Il dit qu'il refuse de dormir dans un lit de débauche.

Florentine fit un petit grognement, mais ne leva pas la tête de son livre.

— Il apprendra. Peut-être qu'il apprécierait la compagnie d'un jeune homme de son âge. Peut-être pourrais-tu lui faire découvrir le plaisir.

Jean acquiesça de la tête.

— Qu'allons-nous faire maintenant, Monsieur?

— Ce que nous voulons. Il y a bien sûr le Nouveau Monde. Peut-être qu'un peu d'influence de la civilisation pourrait lui être bénéfique. Mais pour l'instant, je veux que tu nous achètes de la nourriture et du vin. Je t'ai mis de l'argent dans ton sac.

Quand Jean fut parti, Claudio alla dans la chambre à coucher. Florentine et moi nous regardâmes. Un petit sourire malin apparut sur ses lèvres.

— Allons-y, lui dis-je.

Nous trouvâmes Claudio avec son violon, et toutes nos pensées espiègles s'envolèrent. Il n'y avait pas touché depuis que je l'avais ramené, et je me demandais s'il lui plaisait. Mais maintenant, il le touchait avec une grande douceur. Au premier contact avec l'archet, il grinça comme s'il avait mal, mais Claudio l'accorda avec patience. D'abord une corde, puis une autre, puis encore une fois la première, jusqu'à ce que le son qui en sortait finisse par ressembler à de la musique. Puis il le posa, se leva, sourit d'un air coquin à Florentine et à moi, puis se retourna vers Bernardo, qui ferma les yeux au même moment. Un homme normal n'aurait pas vu les paupières du jeune homme bouger, mais je savais que Claudio avait remarqué ce mouvement, tout comme moi. Claudio eut un petit sourire, puis commença à enlever sa chemise. Une fois nu, il se coucha. Florentine et moi le rejoignîmes.

Pendant que je me déshabillais de l'autre côté du lit, Florentine s'installa à genoux entre nous deux et embrassa Claudio sur la bouche.

— Alors, tu as décidé que je n'étais plus un monstre ? l'agaça-t-il.

— Il n'y a rien de ce que vous m'avez fait qu'un époux n'aurait pas fait, fit-elle en haussant les épaules. Et je m'étais déjà résignée à cette vie-là.

Elle inclina la tête de côté et sourit.

— Mais vous êtes beaucoup plus beau, et je suis contente que cet autre homme soit parti.

Le visage de Claudio s'assombrit.

— François ?

Mon cœur fit un bond à la seule évocation de ce nom. Je me demandai quand nous allions le revoir. Gunnar me disait souvent que les vampires en exil finissent toujours par revenir chez eux. Ils vivent si longtemps que c'est inévitable.

Florentine hocha la tête.

— Je ne l'aimais pas.

— Eh bien, fit Claudio en la tirant vers lui. Tu n'auras plus à te soucier de lui.

Nue, je grimpai sur lui et m'installai à califourchon sur ses hanches. Il leva les yeux vers moi.

— Tu as l'air très satisfaite de toi.

— Nous avons conclu un accord, elle et moi. Elle va m'apprendre à lire, et moi, je vais lui apprendre d'autres choses.

Florentine et moi nous regardâmes, puis nous nous embrassâmes.

— Ah ! fit Claudio. Pauvre, pauvre Jean. Nous serons épuisés à son retour.

Et il se mit à détacher le corsage de Florentine.

Florentine et moi commençâmes à nous réveiller vers la fin de l'après-midi. Nous étions maintenant seules dans le lit. Bernardo était couché sur le canapé, dos à nous et les bras croisés. Jean nous versa du vin quand nous arrivâmes, chancelantes, dans le salon, après que les premières notes hésitantes de violon jouées par Claudio nous eurent réveillées.

— Oh ! fit Florentine en acceptant son verre. Jouez-nous un air entraînant.

Elle bâilla. Nous étions encore nus après notre petit amusement de l'après-midi. Jean avait enlevé ses chaussures et défait ses cheveux, et Bernardo refusait de sortir de la chambre.

— Entraînant, fit Claudio pensif. En voilà un.

Il se lança dans un vieil air de danse que le père de Katarina lui avait appris il y a longtemps de cela.

— Je suis surpris de voir que mes doigts arrivent à le retrouver.

Je le regardai, pendant un instant, et le vis tel qu'il était lors de notre première rencontre. Il souriait en jouant.

Florentine ouvrit grand la bouche et se mit à rire, puis bondit au milieu de la pièce et prit la main de Jean pour le faire danser. Puis elle le laissa aller et vint vers moi, me tira jusqu'à Jean, et dansa avec nous deux. Quand la musique fut terminée, elle se mit à taper des mains avec une joie enfantine.

— C'était magnifique ! Encore une !

Claudio jeta un œil en direction de la porte de la chambre.

— Bernardo devrait être avec nous. Ce n'est pas bon de bouder aussi longtemps.

Florentine fit la moue.

— Je préférerais qu'il reste là-bas, dit-elle à haute voix.

Claudio fit claquer sa langue.

— Je sens que je vais devoir vous donner la fessée, à tous les deux, comme à des enfants. Jean, va dire à Bernardo que nous pouvons nous habiller, si un tel déploiement de corps le dérange. Et fais-lui bien comprendre que je m'attends à ce qu'il vienne ici et qu'il cesse d'agir comme un enfant gâté.

— Oui, Monsieur[98], répondit Jean.

Puis il entra dans la chambre. Un instant plus tard, Bernardo apparaissait dans le cadre de porte tel un chérubin ébouriffé.

— Je m'excuse, Monsieur[99], fit-il en jetant un œil à sa sœur, puis en tournant la tête. Tout ça est si étrange.

Claudio alla vers lui, tout échevelé d'avoir dormi, fait l'amour et joué du violon.

— Ça, c'est du plaisir. En échange du fait que j'ai pris ton corps — et ta sœur —, je t'offrirai plaisir et liberté. Des aventures. Tous les jeunes hommes rêvent d'aventures, non ? Je sais quelle vie tu as laissée derrière toi, Bernardo. Ça aurait pu être une prison. Mais toi et moi, nous sommes des hommes libres.

98. N.d.T. : En français dans le texte original.

99. N.d.T. : En français dans le texte original.

Bernardo hocha la tête.

— Je vais essayer, puisqu'il semble que je n'aie pas le choix.

— Bon garçon. Jean, du vin pour Bernardo, fit-il avec un geste théâtral de la main. Chloé, danse avec lui. Florentine est une terrible maîtresse-esclave qui veut que je joue jusqu'à en tomber d'épuisement.

Claudio lança un sourire coquin à Florentine. Qu'elle lui rendit, avant de partir en trottant vers la chambre.

— Je vais revêtir quelque chose pour mon cher, très cher frère, dit-elle avec la voix d'un enfant moqueur.

— Je la rejoins, fis-je.

Jean aspira son vin goulument, regardant Bernardo, riant de son malaise. Quand nous revînmes dans nos chemises de nuit, Bernardo s'approcha de moi comme s'il cherchait ma protection. Claudio sourit et continua à jouer. Je pense que nous étions innocents à l'époque, car nous étions si jeunes.

Pendant que la lumière commençait à baisser à l'extérieur, Claudio jouait, toujours nu, racontant des histoires de l'éternel Pan et de ses flûtes. Il ne s'arrêta pas avant que le crépuscule ne donne des lueurs pourpres au ciel. Nous arrêtâmes alors de danser pour nous émerveiller en regardant par la fenêtre, avec des « oh ! » et des « regardez ! ». Puis l'air qu'il était en train de jouer s'arrêta dans un grincement et Claudio se dirigea vers la fenêtre.

— Ma maison, dit-il.

Au loin, un feu faisait rage, et nous avons su que le jeune homme qu'il avait payé avait tenu parole.

— Tu auras une nouvelle maison, lui chuchotai-je.

Il acquiesça. Je sentis un changement s'opérer dans son corps, comme si quelque chose s'était gonflé en lui. Il porta de nouveau son violon à son menton et se remit à jouer. Je sentis que c'était différent. Ce n'était pas de la même façon qu'il avait joué plus tôt cette nuit-là, ni comme il avait joué pour la femme qu'il avait séduite il y a longtemps de ça. Ce soir, il y avait un feu, et la musique sortait de son corps comme du sang pour faire taire sa famille par sa beauté, aussi primale et menaçante que le fracas de la mer.

FIN

DE LA MÊME SÉRIE

DISPONIBLE

BIENTÔT DISPONIBLE

L'APPRENTI DU MAESTRO

éditions

www.AdA-inc.com
info@AdA-inc.com